為我辦一場西式的喪禮

游善鈞

1

我閉著眼睛，在一層連接一層的海浪聲中，緩緩舉高雙臂，接著用同樣的速度把臂膀往兩側伸展開來。

風從四面八方灌入身體，把輕薄的制服吹得鼓脹，胸腔打開的瞬間有一種豁然開朗的感受，跟著睜開的雙眼，視線好像也隨之明亮起來。

染上暮色的大海映入眼簾，沖上沙灘的海水打溼了我光裸著的腳掌。

滲入腳趾間的海水讓我的肌膚細細地冒起雞皮疙瘩，我的嘴角慢慢、慢慢上揚。

「賴、健、祐——」

這時，呼喊著我的名字的聲音，混雜著海風直直地往我的胳膊撞擊過來。

「賴、健、祐——」

對方又叫了一次，像是在反覆提醒自己並不是一個人面對這片一望無際的大海。

我別過頭，對著站在彼側的那人咧嘴笑開。

和自己同樣身穿制服站在潮浪前緣的，是釘仔，我的死黨——在夕陽裡笑得像個白痴的他朝我猛揮著手，力量大到整個身體都在左右搖動。

「幹麼——」

我學他拉著長音，從這裡到那邊不過幾步路的距離，卻沒有走近的打算。

釘仔垂下頭，朝沙灘比了比，我的目光順著他手指的方向移動，先是停在他綁著繃帶的右腿膝蓋，接著才落在沙地上某樣顏色黯淡的東西上。

想看清楚一點，雙腳定在原地的我瞇起眼，把上半身微微伸出去。

那是一條魚——或者應該說死魚。

體型不大，但也不算小……靠北，這樣到底是算大還是小，我是在講三小？

花紋黑白相間，大概是石鯛——隨便啦，死魚還管什麼魚。

「死魚啊，怎樣？」

我忍不住翻了個白眼。

「欸！我們把這隻魚拖回去海裡好不好？」

「我才不要。白痴喔！死都死了，死在哪裡是有差喔？回去了啦，我肚子好餓。」

懶得理他，我邊說邊準備轉身。

「等一下啦！」釘仔著急地喊，「不然我們黑白ㄘㄟ，我贏的話就把魚拖回海裡！」

我不想把魚拖回海裡，但我想跟他玩。

「好啊，誰怕誰！」

興致一來，我對著他伸出拳頭，他也趕緊打直手臂。

「黑白ㄘㄟ——」我們的聲音重疊，他出石頭我出布。我猜贏了。像是在考驗他的耐心，我的指尖在空氣中一連轉了好幾圈，「男生……女生……配！」

他順著我手指的方向將臉別向了大海。

「我贏啦！」我雙手一攤，勝利者的欠揍姿態。

遠處的他彎著嘴角，喪氣地垮下肩膀。

「走了啦！」

我往前走了幾步，已經刻意縮短步伐，他卻一直沒跟上來……腳還是很痛嗎？

痛是不會說一下喔，這傢伙真的有夠麻煩。

當我這麼想的時候，一側過身，只見釘仔正朝自己快速走來。

膝蓋受傷的釘仔只能一跛一跛吃力地走，也許是走得太用力，抬起的腳丫子在他背後濺起一陣一陣沙。

「你走路走慢一點，不要到時候又跌倒。」我撇嘴說。

在我面前停下腳步的他，直勾勾凝視著我。

不等我開口，他的雙手冷不防摸上我的制服——

欸？

欸欸？

欸欸欸——

「你幹麼——」

無視於我的訝異，一顆接著一顆，釘仔開始解開我的鈕釦。

很快，我們在沙灘上扭打在一起，顆粒細小的沙子沾上我們的手肘和後頸。

「借我一下啦——」他說。

我投降。

在沙灘上的我左右翻動身子，配合著讓他脫下自己的制服——看他打算搞什麼鬼。

打著赤膊的我撐住沙地悠悠坐起身來，沙子陷入指縫之間。

我望著釘仔朝遠方踉蹌而去的背影。

釘仔抓著我的制服，奮力地跛足走著。

在強風中飄揚、摩擦出銳利聲響的學生襯衫像一幅白色的旗幟。

折返回那條死魚的他，在意著受傷的膝蓋，斜著身子蹲了下來。

垂眼注視著死魚的釘仔，捏住制服的雙肩，在空中甩了甩借用風勢將制服啪嗒啪嗒吹開。

然後，他居然直接用我的制服把那條死魚蓋住。

「幹！你到底在幹麼啦！」

我仰頭怒罵一聲。這下子，我被他惹毛了。

但釘仔好像慢半拍才聽見我的聲音，扭過頭看著我。

「你看屁喔！現在是怎樣——」我朝他走去，忍不住又開罵。

裝啞巴喔，真的是欠罵。

一逕凝望著我的釘仔還是沒應聲，甚至下一秒忽然嘴角揚起笑開，笑得渾身晃顫起來。

「陳智邦很髒欸你知不知道。跟你說，你要賠一件給我！你有沒有聽到，笑屁喔笑！」

「我腳開始痛了，扶我一下。」

「那我就當作你答應了喔，欠我一件制服。」

我們兩個各說各的話。

他按著大腿施力，我上前攙扶他。他半邊身體靠了過來。

半扛著釘仔的我，走著走著，不由得回頭瞄了那隻死魚一眼。

遠處，被白布蓋住的死魚，在海風不斷的吹拂下，輪廓立體鮮明。

有那麼一剎那，我以為自己的那件制服會被陡然增強的驟風吹開，可是沒有。

我有時候真的搞不懂他到底在想什麼。

「欸，賴健祐，你鞋子不拿喔！」

釘仔突如其來的發言將我的思緒拉回來。

我們脫下的球鞋忘了拿，並排放在那根形狀古怪的漂流木前——那是某次颱風過後突然出現在這片沙灘上的。不過，從外觀看，那根漂流木與其說是一「塊」木頭，倒更接近一根棒子，釘仔時常單肩扛著那根木棒在沙灘上胡跑亂叫，搞得像是尋仇討債的小混混。

「靠北，你幹麼不早點說，故意的齁。」

「最好是。」

他嘴上這麼說——但我看他就是故意的。

我們一拐一拐地朝那兩雙球鞋行進。

「你膝蓋是有受傷喔，學什麼學。」

釘仔這麼一嗆聲，我才發現自己竟然在不知不覺間學他跛腳走路。

「靠北，就不是故意的齁……一定是被你傳染的。」我嗆回去。

「最好是會傳染。」

我們互看一眼，有默契地同時噗哧笑了出來。

我們愈笑愈大聲，呼吸的幅度也跟著變大。

連這個都要比賽——身體靠在一起的緣故，分不出到底是誰的胸膛震動得比另一個人更為劇烈。

2

在只有自己一個人的巷子裡把腳踏車停下，單腳撐住水泥地，我從口袋掏出打火機。

小小火焰燃起的同時，想起釘仔曾經說過的話。

「把花的花莖用火燒過的話，花可以活比較久一點。」

除了昨天下午在海邊用制服蓋住死魚那種無厘頭的舉動，那傢伙也常會說一些無厘頭的話。

問他是從哪裡學到這些有的沒有的東西，他從來不正經回答，總是唇角微微上勾，一臉挑釁地說：「拜託我就告訴你。」

靠北，誰要拜託他啊。

我縮起鼻翼皺起眉頭，用力抽一口菸。

忘了從什麼時候開始，養成每次到釘仔家找他前，得在碗粿店旁小巷子先抽一根菸的習慣。

我和釘仔國小三年級認識，他是轉學過來的，第一眼印象覺得這傢伙話不多，不知道在踐什麼。

不要看他現在細皮嫩肉、皮膚白白淨淨的，之所以會有「釘仔」這個綽號，是因為那傢伙念國中時臉上長滿青春痘——而且有很多還不是單純的青春痘，是那種脹脹的、悶在皮膚底下怎麼發都發不出來的頑固疔子。

這麼想來，這種死心眼的痘子，歪打正著挺適合他。

我把香菸直接扔在地上踩熄，沒有撿起來。

當然知道這行為很沒品，但最剛開始扔了幾次，後來每次來，發現地上乾乾淨淨，一枚菸蒂都找不到……我差點要開始信神了。從那之後我就把這地方當作自己的神奇樹洞，不管往裡面扔些什麼雜七雜八的東西都沒關係。

釘仔家沒有屋簷，夏日時分即便過了正午，太陽依然炙烈。

簡直快被烤焦，日光燦爛到把頭再抬高一點就會瞎掉。

「釘仔——釘仔！幹！你是在打手槍喔！釘仔！」

雙手握住龍頭、單腳支撐著腳踏車的我瞇細眼睛，仰頭朝二樓釘仔的房間窗口高聲喊著。

砰。儘管我全神貫注盯著的是二樓窗戶，打開的，卻是一樓大門。

從門後出來的，是素著一張臉的釘仔姊。

她踩著拖鞋來到屋外，轉過身，「陳智邦！陳、智、邦！」跟著我朝二樓窗子喊。

她大我和釘仔一歲，是同校學姐，我都在心底稱呼她釘仔姊，但實際上我連一次都沒有開口叫過她，她似乎也從來沒定睛看過我。

釘仔家是連棟住宅，但另外兩戶幾年前便已搬離小鎮，不必擔心吵到鄰居。

然而，不管我們兩個怎麼喊，二樓窗子還是緊閉著。沒有回應。

要不是釘仔姊在，我恍惚間有一種釘仔不吭一聲搬走了的錯覺。

釘仔姊大概被晒熱了，覺得有些煩燥，她一下拉了拉小可愛細肩帶一下搔頭，把一頭長髮抓得更為分岔。

我很想叫她去二樓直接幫我把釘仔找出來，但很顯然我們沒有一個人想爬樓梯。

在莫名的僵持之下，身後傳來輪子滾動從砂礫輾壓而過的粗糙聲響。

在菜市場擺攤的釘仔媽推著推車回來。

天氣溼熱，逛市場的人不多，掏腰包的就更罕有，菜況不佳的蔬果理所當然剩下不少。

「他出去矣，無佇厝。一透早就毋知是死去佗，無一個會曉鬥相共……」

也許是今天生意欠佳的緣故，釘仔媽邊忙著整理，邊用臺語神經兮兮地碎念。

我的臺語雖然講得袂輾轉，聽倒是都聽得懂，好比在家，爸媽跟我和哥都是說臺語，而我們兩個小孩則用國語回應——釘仔媽的意思是釘仔一大早就不見人影，而待在家裡的人也不懂得主動出來幫忙，實在很不懂事。

最後一句是我自己加的。我憋著笑，含蓄地看向釘仔姊。

意外掃到風颱尾，被釘仔媽嘮叨，釘仔姊把拖鞋當作鞭子啪嗒啪嗒快步進屋，大門關得很用力。

在釘仔媽展開下一波叨念前，我趕緊騎上腳踏車，調轉龍頭，一溜煙逃走。

3

太陽逐漸往大海的方向移動。

我也在移動，騎著腳踏車沿著長長的空無一人的鄉村徑道前行，速度比太陽快一點點。

夾雜在腳踏車鏈條的咬合聲中，我哼唱起釘仔最喜歡的那首歌，雖然歌詞七零八落，音也不是太準，但即使是不夠甜的花蜜，還是能吸引蜜蜂吧？

「啊，不對——」

我乍然想起今天剉冰店老闆去吃喜酒，沒開門。

「釘仔——釘仔！釘……仔……」

我在便利商店停下，把釘仔的名字配上音調衝著落地窗亂叫一通。

雖然比起全鎮唯一一間超商，我跟釘仔更喜歡傳統的剉冰店，不過夏季冰品大打折時，我們也常在放學後來這裡買冰棒。

明明從大片玻璃望進店內，一眼便可以發現釘仔不在裡頭，我還是意興闌珊地拉長音喊了好幾聲。

一名打赤膊坐在超商階梯上吃御飯糰滑手機的工人，抓起擱在身側那罐易開罐咖啡，喀一聲拉開拉環，邊喝邊朝我看了幾眼。

和對方對上視線，我尷尬傻笑一下，低頭躲進手機傳訊息給釘仔。

釘仔沒有讀訊息。

「是怎樣……」

接著我來到的地方是夾娃娃機店。

一對年輕情侶黏在髒兮兮的壓克力板前，窸窸窣窣討論要抓哪一隻。

曾經有一段時間，我跟釘仔迷上玩夾娃娃機，一連好幾個月零用錢全砸在上頭，結果一回神房間堆滿絨毛玩具和電子垃圾……有次我們聊到這件事，兩人完全回想不起來當初為什麼會瘋狂到這種程度。

最後一站是游泳池，這裡再找不到我就要回家了！

要搞失蹤好啊。

要耍任性來啊。

要比是不是，給你最後一個機會喔——我在內心下著釘仔根本不可能聽到的通牒。

從短褲口袋掏出手機，點開LINE，傳給釘仔的十多條訊息依然未讀。

「死釘仔，都不看一下訊息……手機是掉到馬桶裡了喔。」

我下了腳踏車，在游泳池門口探頭探腦。我們偶爾會一起來游泳。

隨意掃視一圈，找得沒有特別認真，因為我並不覺得釘仔會不揪我一個人跑來。

他泳技沒有我好，國中游泳課還是補考了兩次才勉強及格。

你再不回我，我就要回家了喔，今天就不約了。

我傳出這則訊息，等了一陣，螢幕暗著沒有動靜。

老實說，今天發生的一切讓我很不習慣。因為認識以來，從來都是釘仔在屁股後面跟著我——愛哭愛綴路，真的是到哪裡都要跟……可是現在卻是我在找他。

哪有這種事，天地顛倒反，我拒絕接受！

我不喜歡改變。既然本來好好的，那就維持下去就好了，不是嗎？

正準備離開游泳池，冷不防被喊住。

「賴健祐！」

對方的聲音相當脆亮。

「喔，學長。」

穿著鐵灰色吊裡仔走出游泳池大門的，是剛游完泳、一頭刺蝟短髮還溼著的阿皓學長。

阿皓學長是哥的同班同學，和釘仔跟我一樣，從國小就是死黨。但和我們不同的是，他們兩人國小不同班，是因為國語文競賽演講比賽認識的。一個是常勝冠軍，另一個則是萬年亞軍——想當然耳，前者是我那位文武全才十項全能的模範生哥哥。

學長左右晃了晃腦袋，試著把殘留在耳朵裡的水甩出來。

「你也來游泳？」學長走到飲料販賣機前，往裡頭投入硬幣。

「喔……沒有，就到處晃一下。」

咚，飲料沉重落下的鈍響。受到撞擊，整臺機身跟著發出金屬的震顫聲。

「接著。」

幾乎和聲音同一時間，阿皓學長把手上的飲料朝我拋過來。

「謝啦！」我俐落接住，立刻插上吸管，「學長怎麼知道我想喝飲料？」

「我猜的，看你流這麼多汗。」

「喔、對啊，超渴的。」

學長這麼一提，我才意識到身上這件吊神仔早已經完全溼透，緊緊貼搭住身體，好像自己才是剛從泳池裡上來的那一個。

我邊喝飲料邊拉了拉衣服下襬讓空氣流通。

「學長不喝？」

「剛有喝過。」學長見我沒有反應，用大拇指往游泳池的方向一比，補上一句，「剛在裡面喝一大堆水。」

「也對。」學長在說冷笑話嗎？噗，我在心底笑了一下。「學長是不是很常來游泳？」

「算吧……如果不用準備考試的話，就會想來游一下。」

「也對，考試煩死了。」

阿皓學長笑了笑，他笑的時候剛好會露出上排幾顆牙齒。

「那我先走囉。」

「嗯，學長掰掰。」

我望著阿皓學長遠去的背影，不知道為什麼，總覺得哥隨時會從一旁樹叢突然跳出來攬住他的脖子。

雖然幾分鐘前才撂下過狠話說不找釘仔了，不過……看在有人贊助飲料的份上，我再試一下好了。

我來到昨天我們一起來過的沙灘。

一樣，空無一人。

這片沙灘，是我們的祕密基地——

這是釘仔說過的話。

「靠北，最好是有這麼大的祕密基地。」

當時躺在他身邊的我，對著萬里無雲的湛藍天空大聲說著。

躺著說話的時候，特別能感受到喉嚨的擠壓，因此需要更大的力氣把想說的話推出來。

也不曉得釘仔的那句話是不是什麼咒語……總之，這片沙灘像是被下了結界還是施了什麼魔法，總是只有我們兩個。

其實只要我們其中一人隨便帶另一個朋友來就可以破除，但我們誰都沒這麼做。

真的沒輸了。

已經把我們兩人平時瞎逛會去的地方全找過一輪，依然不見釘仔蹤影。

我賭氣咬住早就被咬得扁平的吸管，下意識用力吸一大口飲料。

但吸到的僅有咻咻咻的空氣。

不曉得多久以前鋁箔包就已經空了。

「算了，管他去死。」

起伏湧動的海面讓視線焦點上上下下，忽然一陣恍惚襲來，我眨眨眼睛，把手中凹陷的鋁箔包隨手往沙灘一扔，背過身艱難地踩過柔韌的沙子往道路走去。踏出的腳步一步陷得比一步深，身體逐漸往下沉。

終於我離開了沙灘，跨上腳踏車鞋底抵住踏板，大幅度扭動龍頭，繞過半圈，往來時路折返。

4

不少同學都用平板電腦看漫畫，但我還是習慣看紙本書。

我當然不算文青，純粹是因為如果要用這種舒服的姿勢看漫畫，得拿紙本書才不會愈舉愈重。

至於什麼是舒服的姿勢呢？此刻的我躺在枕頭上看漫畫，肚子上放著一大包洋芋片。

叩叩。

有人敲門。

「喔！」

敲門進房的是懷裡抱著一大團衣服的媽。

「啊你是暗頓食無飽喔？猶閣咧食四秀仔。」媽邊摺衣服邊說。

「不一樣啦，這個又不是吃飽的，看漫畫就是要配餅乾。」

看到荒謬的地方，我忍不住放聲大笑，笑到眼淚都流出來，蜷縮起身子差點把洋芋片撒到床上。

「呼——好險……」

我及時撈住餅乾的袋子，大大鬆一口氣。

「你嘛笑甲傷譀，我掠準講是誰咧起乩。」媽把摺好的衣服收進衣櫃。

我從床墊上彈起身子，把洋芋片往床頭櫃一放，胡亂扭動身子雙手誇張比劃的同時嘴裡念念有詞——當真起乩給媽看。

「較正經咧，莫傷佯痟！」媽嘴上這麼說，嘴角憋不住的笑意卻很捧場。「莫看傷晏，較早睏咧。」

媽帶上房門。

每次都只會叫我早點睡。

才跳一下就滿頭大汗是怎樣……我拉了拉領口被我拽鬆的吊神仔，跳下床，把電風扇開到最強，砰，往地板重重一躺，在冰涼的木板上躺成大字形。

眼前是淡粉色的天花板。耳邊是老舊電風扇的喀喀聲響。

我的眼皮愈來愈重。

鈴——鈴……

「嗯……」

迷濛間，隱隱約約聽到來自一樓的電話鈴聲。

可是揉著眼睛醒來時，房間好安靜。

是在做夢？還是有人接起了電話？

天色黯淡，房間僅有從陽臺渲染而來的些許光暈。

我側翻過身，伸長手試圖從床墊摸索手機。試了好一陣，屁股差點抽筋，幸好在抽筋前一刻抓到手機。

滑開螢幕，剛過十一點半。

真希望剛才的電話鈴聲是做夢。

深夜裡打來的電話總沒好事。

記憶裡的兩次經驗，分別是阿公跟大伯過世。

怕什麼來什麼，這時，樓下傳來騷動，我從木地板坐起身。

咚、咚、咚、咚——

先是聽見急促緊湊的上樓聲，接著外頭走廊的燈亮起，房門底下縫隙透入一道光線，於此同時，門被打了開來。

是哥，緊握著門把遲遲忘記鬆開手的他一臉蒼白，兩隻睜大的眼睛亮得嚇人。我想開玩笑說你是看到鬼喔——但話語堵在喉頭，即使我用比躺在沙灘時更大的力氣，都沒辦法把聲音推出來。

5

哥說，釘仔不見了。

這個小鎮跟鼻屎差不多大小，根本沒有地方能夠讓他晃到十一、二點還不回家……就算有，釘仔那個跟屁蟲也絕對不會拋下我自己一個人去。

半夢半醒間的那通電話果然不是錯覺。釘仔他媽以為他待在我家，打電話一問，才發覺大事不妙。

我打開腳踏車的前燈，前方亮起的路並沒有讓我感到安心。入夜後的小鎮起初只有幾盞光亮，但或許是內心焦慮的關係，總覺得四周的燈光在自己賣力踩著腳踏車的當下，接二連三紛紛亮起。

我希望大家都出來幫我找釘仔。

「釘仔——釘仔！」

便利商店。

「釘仔——釘仔！」

夾娃娃機店。

「釘仔——釘仔！」我沿著下午騎過的路線重新找一次。儘管游泳池一片漆黑，我還是扯著嗓子喊著，「釘仔！釘仔！釘仔……幹你老師哩！」

站在大門深鎖的游泳池前，我用力咬了咬嘴唇，鬧脾氣地甩開雙手把腳踏車往水泥地推去。車身受到猛烈撞擊，前燈應聲彈飛，小小的光亮一路滾進一旁的草叢，閃爍幾下後把光徹底收了回去。

一時間，視線暗下，只有我獨自一人在黑暗中緊緊握住拳頭。

心臟的跳動異常鮮明。

吸——吐。

吸——吐。

我反覆深呼吸。

佇立了好一會兒，我俯身抬起腳踏車。

我打開手機的手電筒，用單手騎著腳踏車。

我來到我們昨天一起來過的沙灘。

我舉著手機往海的方向走去，手機投射而出的光芒發散開來。

但周遭的黑暗過於濃稠，微弱的光亮被逐漸吞沒，愈往前走，我愈是失去方向感，感到迷茫。

手電筒照到那根熟悉的漂流木時，我稍稍鬆了一口氣。找到定點的我，終於能繼續找下去。

我邊前進，邊用手機四處掃射，但沒有更多好消息，我遲遲找不著那條被自己的制服蓋住的死魚。

不知道為什麼，總覺得只要能找到那隻魚，就可以找到釘仔。

「釘仔！」

突然，鞋底傳來異樣感。我低頭一看，前一秒踩到的，原來是下午丟的空鋁箔包。

我緩緩蹲下來，將鋁箔包從沙子裡抽出來。

一股反胃感頓時從下腹部往上竄，和情緒混攪在一起後堵塞在胸口——我劇烈咳嗽，咳到整個人蜷縮起來，頭埋在膝蓋之間。

陳智邦——

忽然我聽見有人在呼喚他的名字。

我抬起頭，慢慢起身，往沙灘另一頭遙望過去。伴隨手電筒頻頻閃動的光亮和車頭大燈光束，可以隱約勾勒出一條往大海深處延伸而去的防波堤，防波堤盡頭矗立了一座兩層樓高的觀測塔。

我記得那座觀測塔。那座觀測塔設有一把梯子可以爬到上頭從制高點眺望更遠更遼闊的海面。

以前我跟釘仔一起去過，但自從國二那年暑假，釘仔被在防波堤海釣的釣客不慎用魚鉤鉤傷後，說什麼都不肯再接近。

當時的魚鉤意外，在釘仔的額頭留下一小道疤痕。

雖然他不會承認，不過我猜這就是為什麼他總是留有瀏海的髮型。

我一路衝往防波堤的盡頭，拖鞋在半途掉了一隻。

防波堤末端聚集了好多人，光緞交織閃動，人們像是螞蟻圍著觀測塔四周來回繞行，彷彿凸出的觀測塔是一根巨大的棒棒糖。

我用身體推開他們，從人潮間硬是擠過去，連句借過一下都不想說。

我移動著手中的手機光亮，最後聚焦在防波堤旁的混凝土消波塊。

灰黑色的消波塊上整整齊齊擺放著一雙塞有白襪的白色球鞋，被光束直直一照顯得益發死白。

我一眼就認出那是釘仔的球鞋。那是他用存了兩年的壓歲錢才買到的球鞋。不知道是沒綁好抑或是被海風吹開，球鞋的鞋帶呈現鬆掉的狀態。

我不發一語，默默地退出人群。

我愈退愈後面，站得離他們很遠。他們的呼喚聲霎時也變得很遠。

我望著他們一大群人沿著防波堤排成一圈，或站或跪——有些還趴下來。

他們對著漆黑的大海「釘仔釘仔」的又哭又叫。

出了這種事，釘仔的爸媽當然也在裡面，但是跟其他人比起來，他們沒什麼動靜，只是愣愣望著遠方。

我聽見從背後傳來的腳步聲，愈來愈近，有那麼一瞬間，我還以為那會是釘仔，以為自己一轉過身，會看見他跑到自己面前停住步伐，嘻皮笑臉說騙到你了吧，你那什麼屎臉。我轉過身來，迎面匆匆趕來的不是釘仔，而是他濃妝豔抹的姊姊。

釘仔姊盯著我看的表情有夠嚇人。

從我身邊跑過時，她重重往我的肩膀撞一下。我知道她不是故意的。

穿著短靴的釘仔姊往那群人跑去，她沒有加入她的爸媽，而是站在另一側，臉色凝重，對著黑魆魆的海面咬著指甲。

救護車亮著不祥的紅光。再接著，警察來了。

還有哥。

「賴健祐！」哥邊喊著邊跳下腳踏車，他手裡抓著我掉的那隻拖鞋，跨著大步朝這邊走來，把拖鞋放在我腳邊，氣喘吁吁地對我說，「賴健祐……媽叫我們回去。」

我猶豫著，扭頭看向釘仔姊的背影。突然有一股想走上前去的衝動。

似乎察覺到我的心思，哥搶先一步拉住我的手，要帶我回家。

「媽叫我們先回去。」

我起先乖順跟著他走……可是愈走，愈覺得不對勁——

我開始反抗。

踉蹌、甚至幼稚地用這隻腳去阻擋另一隻腳試圖把自己絆倒。

「你不要拉……」

但哥不為所動。他把拖著腳步賴皮的我從地上硬是攙扶起來，將我一逕往前拖。

這其間，對於我的抵抗，哥始終不發一語。

我晃動身體、扭動手腕，試著抽出手，卻怎麼也擺脫不了哥。

我第一次發現哥的力氣這麼大。

掙扎的過程中，我不斷回頭望。回頭望。再回頭望——

在最後一次的回望中，我看見，釘仔就站在那裡。他身上穿著那件寬鬆的卡通T恤，從國中穿到現在，原本萊姆黃的T恤已經被洗褪成了近乎金色。

我沒看錯，釘仔就站在那座觀測塔前，他身後的金屬梯子在夜裡反射著燈光，從背部照過來，讓他身體的輪廓更顯銳利。

「釘仔！」

我奮力一喊。

從哥忽然加重的手勁可以知道他嚇了一跳。

哥停下腳步，睜大雙眼直瞅著我。

聽到我的聲音，一開始還有些茫然的釘仔眨了眨眼，對我咧開熟悉的笑容，接著下一秒，他緩緩將雙手舉到胸前——比手畫腳不曉得在幹麼。

「幹！你在比什麼啦！我又看不懂！」

釘仔沒有出聲回應我，也沒有和從前一樣朝我追過來。

他只是又比了一次剛剛那些動作。

最後一個手勢讓我印象深刻，他將左手的大拇指和小指伸出，比出數字「六」，接著攤平右手掌搭上左手，雙臂自然往前延伸逐漸打直，像是把一艘小船從自己的胸口朝我的方向推送過來。

啊我就看不懂意思齁！再比多少次都沒用。

「釘仔你給我過來喔！」我提高音量叫著。

為什麼其他人還在找他？他明明就站在那裡啊。

哥強行拉著我繼續往前走。

「幹！拉三小！」

我使勁甩開哥的手，手臂被哥的指甲刮傷。

哥小聲咕噥，「賴健祐……」他看了看自己的手，又看了看我的傷口。

當我再度回頭——釘仔已經不見了。

我怔愣著，不知道該拿這份突然落空的心情怎麼辦。

無盡的海風直直地往我的胳膊撞擊過來，只是這一次，當中並沒有混雜著釘仔叫喊的我的名字。

6

睡不著。

我索性轉移陣地，從床墊翻到地板上。

背部磨蹭半天，不管怎麼調整睡姿依然無法入睡。

用後腦杓捶了捶枕頭，躺在木板上的我將雙臂抬高到半空中，慢慢閉起眼睛在腦海中回想，試著模仿釘仔在防波堤上比給自己看的動作。

是這樣嗎？

還是……這樣？

到底是怎樣——

比了好幾次，始終沒辦法和記憶中釘仔的動作疊合在一塊兒。

我緩緩睜開眼，迷惘地望著自己在半空中掏撈著無形的什麼的雙手，霎時感覺自己像是溺了水在向誰求救一樣——又或者，如果喜好怪力亂神的爸媽此時敲門進來目睹，大概會覺得動作滑稽的自己在跳什麼奇怪的祈雨舞吧。

手機顯示凌晨兩點鐘。

我把手機扔到床上，驟然坐起身來，放棄在這樣的夜晚逼自己一定要入睡這種不人道的做法。

叩叩。

我輕敲哥的房門。

「請進。」

以為哥會生氣，沒想到他居然還沒睡。

亮著的檯燈底下，他的頭低著。筆尖和紙頁摩擦的沙沙細響。他往桌邊的小立鏡瞄一眼，從鏡子的反射可以看見房門口。

「你喔，我還以為是媽。」

難怪他沒生氣。不過現在生氣也來不及了。我忍不住在心裡偷笑。

「你還沒睡喔？」

「不然哩？」

他用廢話回應我的廢話。

我發現兄弟之間很難好好說話，特別是我們相差不到兩歲。

「你在幹麼？」

「讀書啊不然哩。你想幹麼？沒事的話不會早點睡。」

「我有問題想問你。」

聽到我這麼說，哥放下筆，從椅子上轉過身來，正視著我。

哥看起來有些訝異。也難怪，我很少會跑來問他問題。最近一次求救，可以追溯回自己還在念國一還是國二的時候。

「你要問哪一科？」

「不是作業。」

哥才剛脫口一問，見我兩手空空，他歪著脖子，頗感疑惑的模樣。

哥沒有追問，而是耐心地等著我說出下一句話。

我不甚熟練地比著釘仔比給自己看的動作。

然而，沒有人教我，自己一個人就算嘗試再多次也只是白搭。

我需要有人幫我。

不然，我就只能放棄了。

「你知道這是什麼意思嗎？我可能沒有比得很正確……」

可是我不想放棄。

我彆扭地一遍又一遍比著，速度愈來愈快，但我知道並沒有因此愈來愈正確。

哥稍稍有了反應，他皺起眉頭，咬了咬下嘴唇。

這是他想說些什麼但還在思考斟酌的習慣動作。

於是我又比了一次……現在的我，和幾秒鐘前的心態截然不同，我對自己比的動作很有把握。

因為我此時此刻比出的動作，跟驀然出現、站在哥身旁的釘仔一模一樣，近乎同步。比到最後一個手勢，最後一個詞彙，我和釘仔同時送出兩艘小船，兩艘對向的小船往彼此緩緩前行，彷彿就要在河流中央交會。

「所以這樣你到底看不看得懂？」

是的，釘仔他——這時就站在哥的身邊，兩人的肩膀幾乎要碰到一起。只是哥沒有發現他。

有了釘仔的「現場同步教學」，自信心滿滿的我將每個手勢比得相當確實。

然而，即使做到了這種程度，哥仍然沒有回答我的問題。

是我不對，我不該對他抱有期待。

就像我總覺得只要我們多交談一兩句話，哥就會對自己感到不耐煩一樣，我也開始不耐煩起來。

「這不是手語嗎——你不是手語社社長？怎麼這麼鳥……算了，沒差。」

咚咚咚咚，哥從房間追出來，往我的小腿肚輕輕踢了一下。

我停下腳步，別過頭注視著他。

「你再比一次。」

所以你剛剛沒有認真看是不是？

我把差一點就要衝口說出來的吐槽吞回肚子。

因為哥的神情意外嚴肅。

這讓我也不由得認真起來。

於是，我又比了一次。這一次，我比得比之前任何一次都還慢，像是在空氣中提筆寫書法一樣。

也跟出房間，站在哥旁邊，胳膊自然垂放兩側的釘仔露出笑容，對我的表現很滿意的樣子。

比完最後一個動作，我放下雙手。這一次，輪到我等待哥的下一句話。

哥鬆開下嘴唇，通紅的唇瓣留有深刻的咬痕。

氣息從他的唇齒間經過化作實際的聲音，哥的聲音幽幽迴盪在昏暗狹長的走道上。

他說：「為我辦一場西式的喪禮。」

7

「幹，是在講三小，我知道婚禮有人辦西式的……」再過不到幾個小時就要天亮，躺在冰涼木地板上的我對著天花板說話。「最好是喪禮會有人這樣辦啦！什麼中式西式……」

釘仔說，他想辦一場西式的喪禮。

我坐起身，肩膀差一點點就要碰到釘仔的膝蓋。

躺在床上的釘仔，雙腳往床沿的方向垂掛。

原來釘仔也還沒入睡。他跟著撐起身子坐起，從上方俯視我，對我說話——

「聽不到。」

我聳了聳肩膀。

他的嘴在動，但就是沒有聲音發出來。

「就說我聽不到。」

後知後覺發現我聽不見他的聲音，釘仔這會兒又開始比手畫腳。

那急切的模樣像是想說服我些什麼——我就不懂手語齁。

「看有才有鬼！」我飆出臺語，語氣簡直跟媽如出一轍。

我躲開他充滿期待的目光，倒回地板，側過身背對著他。

一人在地板，一人在床上，這樣的情景勾起了我的回憶。

以前釘仔常在我家過夜玩通宵，不過我的床不夠寬敞，國小時瘦小的我們還能夠將就擠著一起睡。不過上了國中，進入青春期開始發育抽高，經常一夜過後不是他被我踢下床，就是我醒來時在地板上摔得渾身痠痛。

隨著時間過去，這張床已經沒辦法同時容納我們兩個人。

黑白ㄘㄟˋ男生女生配，是我們解決這個問題的方式。

很顯然，這也成為日後我們解決很多問題的方式。

不過跟一般人想的不同——床墊是給輸家睡的。

我們都搶著睡冰冰涼涼的地板。

可是不知道從什麼時候開始，釘仔不再來我家過夜。

他當然還是會到我房間一起玩手遊、看漫畫、聽音樂、吃洋芋片……但此刻回想起來，才意識到有什麼已經悄悄改變了。

啊，我怎麼會忘記——

難怪釘仔還沒睡。

雖然很多事情改變了，不過至少，那個東西還留著。

我抵抗著已然襲上的睡意，匆匆爬起身，跪坐著來到書桌前。

小心翼翼拉開最下面那層大抽屜，被我戲稱為「陳年老櫃」的大抽屜裡塞滿雜七雜八的東西，一度卡住拉不出來。

一轉眼，地板散落著被我取出的各類物件——扭蛋公仔、卡通造型鑰匙圈、遊戲卡牌、小布偶吊飾……幾乎都是從前跟釘仔玩夾娃娃機時夾到的。

「我應該沒有丟掉才對……」

找到了！

往雜物堆深處翻找一陣，從底部抽出一盞小夜燈。

我吹了吹附著在上頭的灰塵，抹開纏住插頭的棉絮，插上插座。

「要開小燈幹麼不說……」我回望，對床上的釘仔咕噥。

我和釘仔習慣把夜燈叫作小燈。

打開小燈開關，暖橘色的燈光在手邊亮起。

縱然遠際天色浮罩一層薄光，凝聚在這小小房間裡的小小光亮，還是具有令人安心的力量。

8

陽臺傳來鳥叫聲。該不會在哪裡築巢了吧？陽臺屋簷和一樓大門上方，經常有燕子築巢。

我半瞇著一邊眼睛，試探性地緩緩睜開另一邊。

儘管已經很久沒有睡同一個房間，我並沒有忘記我們之間的「默契」。

率先醒來的那一個，總會憋著笑把臉逼近還在熟睡的那一個——想讓對方在醒來睜眼的那瞬間嚇一大跳。

沒有。

我閉上睜著的那一隻眼睛，轉而睜開另一隻本來閉著的。

還是沒有。

「幹！」

猛然想到什麼，我大罵一聲，徹底清醒過來。

我觸電般撐起上半身，床墊上空無一人，涼被在角落捲成一團，看起來根本沒被動過。

明明空間不大，我掃視房間一圈——順時針一圈，再逆時針一圈，無頭蒼蠅似的原地打轉。

房裡除了自己以外沒有別人。

接下來，幾乎是用撞的，我撞開房門，門板卡榫發出反應不及的刺耳傾軋聲。

我匆匆忙忙衝出房間，急著確認昨晚出現在自己面前的釘仔並不是一場夢。

他不可以是一場夢。

我打開這個家的每一道門——正在扣制服鈕釦的哥、洗衣間裡懷裡抱著洗衣袋的媽……還有在廁所邊上大號邊用手機看色情短影音的爸。跟公車上那些不曉得自己手機已然擴音外放的歐吉桑沒兩樣，爸的手機發出嗯嗯啊啊的呻吟聲。

「臭死了！」

「那你還開門。」爸理直氣壯回我。

用手臂擋住鼻子，我用力關上廁所門。

站在一樓樓梯口的我，額頭和側頸冒出冷汗。

我快速喘著氣、調整呼吸，往客廳和後方廚房左右顧盼。可是不管哪一邊，都沒見著釘仔蹤影。我看起來像是在和自己僵持、冷戰，但其實我只是不知道該往哪一個方向邁開腳步才正確。

我甚至有一種四周埋著地雷的奇異聯想。

忽然，我想到了一個可能——

我屏住呼吸，縱身跳過那些地雷，踮著腳尖像貓一樣輕盈無聲踩過那些階梯回到二樓。

我回到房間。

我怎麼會忘記呢……四肢並用爬上床的同時，我在心中開起小小的檢討會。

我的房間外側，有一個外推的超大陽臺，寬敞到可以開派對的那種，我和釘仔經常在那裡晒太陽假裝到國外度假——明明我的膚色比釘仔黑，可是每次晒傷的卻總是我。儘管房間的五斗櫃旁有一扇通往陽臺的紗門，但我和釘仔都喜歡偷懶，老是一腳踏上床墊打開床邊那扇面對陽臺的霧面窗走捷徑直接跳入陽臺。此刻，我的目光停在那扇寬大的霧面窗上，窗子依稀透出身影。唰，我一把拉開。

幸好最後的期待沒有落空，釘仔就坐在磚頭砌成的牆垣上。

只見他的兩條腳晾掛在女兒牆的外側小幅度晃動，肩膀跟著前後搖擺，一副完全不擔心會摔死的悠哉模樣。

聽到我開窗的聲響，釘仔慢悠悠扭過頭，歪著嘴朝這邊笑了一下。

笑屁喔笑。

我抿起嘴唇，用胸腔吞下一大口怒氣。

釘仔將上半身側向我，又一次對我比起手語。

他握住拳頭上下伸縮左右臂膀，接著雙手打橫向外一劃比出「safe」的棒球手勢。

他明明知道沒參加過手語社的我肯定讀不懂，還是比得十分起勁。

雖然讀不懂那些動作，可是釘仔笑得燦爛，外頭陽光燦爛，我猜他想對自己表達的意思是「早安」。

我揚起下巴挑釁地回應他的問早，「早你媽。」

就算猜錯也無所謂，我就是要趁機罵他。

9

嘴上叼著塗抹厚厚一層巧克力醬的吐司。我的身後，載著釘仔。
趁著等紅燈的空檔，我把握時間趕緊咬一大口吐司。
臉頰塞得鼓鼓的，嘴角黏黏的，大概沾到了巧克力醬。我伸出舌頭像小狗一樣試著舔乾淨，突然，餘光裡光影閃動，有人從身旁很靠近地走過——是釘仔。
「欸——」
沒有知會一聲，不知何時釘仔逕自下了後座，直直往前方馬路走去。
這傢伙是在幹麼！還來不及對這個突發狀況做出反應，釘仔一下子就走遠了。
「欸！釘仔！」
釘仔這傢伙居然無視交通規則，大剌剌地闖紅燈——但神奇的是，像是算準了微妙時機，只見釘仔從交錯疾駛的車流之間從容地穿行而過。
他大步流星地前行，一臉無畏的坦然神態。不知道為什麼，那樣的理直氣壯讓我聯想到「在水面上行走的耶穌」——曾經在某本傳教的小紙冊看過這則故事，恍惚間竟然升起一股哈雷路亞莫名的神聖感。

一回過神，我的身體動了起來，已經牽著腳踏車追趕上去，跟著釘仔闖入凶猛的車陣之中。

「搞屁喔！」我追著釘仔喊。

叭——叭！叭！叭！叭！叭！刺耳的喇叭聲此起彼落。

跟悠悠哉哉的釘仔比起來，我超狼狽——除了被賞喇叭之外還有白眼和國罵。

但不得不說有夠刺激，差一點點就要被其中一輛車速特別快的小客車撞飛。

10

第一節課，是班導小涓老師的國文課。

距離上課鐘敲響，已經過了十分鐘，老師還沒來。山中無老虎，教室自然不可能保持安靜，大家嘰嘰喳喳聊天，甚至有同學根本沒回到座位。

每次選座位都喜歡挑靠窗位置的釘仔，一如往常望著窗外的清朗藍天，彷彿這裡發生的一切皆與他無關。

我敲亮手機螢幕，開始下一場比賽。

學藝股長曾侑欣和副學藝王鈺婷在前方發作文簿。我一點都不在意上次的作文作業拿幾分。

小涓老師臉上掛著嚴肅的表情走進教室。

老師一走進來，說話音量頓時收斂，那些人也識相地立刻溜回座位。

小涓老師把抱在懷裡那疊東西放在講桌上，示意學藝和副學藝先回到位子上。環顧整間教室——她的視線在往我和釘仔的方向停留了好一會兒。

我無法確定老師注視的人是誰……畢竟目前除了我，好像沒有其他人能看得見釘仔。

似乎感受到我的回望，小涓老師移開目光，對著整個班級說，「可能已經有很多同學知道昨天晚上發生什麼事……」

看得出講臺上的小涓老師正在控制情緒，盡可能讓自己的語氣不起波瀾，態度也保持著一定的沉穩，想把日常如常地維持下去。

既然老師主動提起，底下自然而然順勢騷動起來。

只見同學們交頭接耳，紛紛竊聲討論。

「欸，老師在說什麼事？」

「蛤？你不知道喔？」

「什麼啦？所以到底是怎樣？」

「你們真的不知道？就是陳智邦他——」

「真的假的……」

比起關心，他們的表情更接近八卦。我冷笑一聲。幹。遊戲輸了。分心之際被偷襲。

我開啟新的一輪隊伍配對，就算不去在意，那些煩人的話語依舊螞蟻般細細鑽進耳裡。

「請各位同學先安靜一下。」

教室恢復安靜，或者說——死寂。

大家忽然間都不說話了。

可是奇怪的是，我原以為自己會比較喜歡這樣。

可是實際發生時，卻反而讓我覺得更煩了。

「昨天晚上，陳智邦同學他……在海邊出了一點意外……」小涓老師語速頗慢，說到這裡停頓了好一陣，邊整理思緒邊繼續往下說，「現在警方還有搜救隊都還在繼續協尋，各位同學不要太擔心，老師相信應該很快就會有好消息……至於學校方面，也請各班導師提醒同學們，到海邊時，不管從事任何活動，都一定要隨時注意自身安全。最好的話，也要事先跟家人或朋友說一聲……」

小涓老師敘述發生在釘仔身上的事情時，坐在我隔壁座位的釘仔聽得好專心。

那副模樣好像不知道自己就是對方口中的話題主角。

就是在說你啦，你是在狀況外喔！

真想吐槽他，這麼想著，我實際做出行動……想鬧一鬧他，我伸出腳，嘗試去踢釘仔的椅子。

Yes，踢到了！

吱——

椅腳拖拉地板刮磨出尖銳的聲響。

一時間整間教室的視線聚集過來，堪比萬箭穿心，我差點就比出中箭裝死的姿勢。

只是大家看著我的表情實在太過認真，我的大腦因此當機，暫停了短短一秒鐘。

再回神時，已然錯過惡作劇的時機。

所有人的注意力重新回到小涓老師身上。

「所以老師在想……我們大家可以試著幫智邦他祈福一下。」

小涓老師說著拿起壓在課本上的那疊東西，原來是色紙，一張張疊起來的色紙，從側面看上去顏色紛雜，看起來有點髒髒的。

「不會摺的就問一下會摺的同學。也可以到前面看老師示範。要摺幾隻都可以……想摺幾隻就拿幾張，不夠的再跟老師拿。每個人最少都要摺一隻。」

明明釘仔就坐在座位上，色紙卻跳過他往後傳。

坐在釘仔後面座位的學藝股長曾侑欣半站起身、拉直上半身從釘仔面前接過色紙。

原本興致盎然等著拿色紙的釘仔看起來好落寞。

怎麼這樣……他動著的嘴巴好像在這麼說。

你那什麼雞巴臉！我來啦，我拿給你。

我一口氣拿了非常多張色紙，自己只留張——他最喜歡的萊姆黃色，剩下的我伸長臂膀身體橫過走道一巴掌拍在釘仔的課桌上。

原本專心摺紙鶴的曾侑欣覺得我很奇怪，抬頭看我一眼。

看什麼看。

安靜下來的教室，紙張沙沙沙沙細微的摩擦聲。

釘仔朝我揮了揮手，往我手上的色紙指了指，接著展開雙臂揮動起來比出鳥兒飛翔的姿態，然後又指了指、又揮了揮……就這樣反覆好幾次。他動作比得愈來愈快，貌似在催促我趕快把紙鶴摺好。

靠夭，我就不會摺齁。

我想向其他人求救，釘仔卻一直干擾我。

「催屁喔靠夭！」

我的聲音意外響亮。

「賴健祐。」小涓老師假裝生氣，警告我，「再說一次髒話的話就要站著摺喔。」

同學齊聲笑出，凝滯的氣氛頓時稍稍活絡起來。

釘仔居然也笑我。

我對他比中指。

這種手語我倒是在行。

「用比的也一樣！站起來。」

居然被小涓老師看到了——幹。

我撐著桌面站起身來。

同學又笑。釘仔也是。

「靠、夭。」

不甘心地，我用氣音又衝著釘仔說一次，自己也繃著嘴角偷笑。

11

事實上，釘仔替我惹來的麻煩還不僅僅這樣而已——

例如我最想翻白眼的數學小考。

靜默無聲的教室裡，我抬起頭，每個人都埋首書寫，一副認真作答的正經模樣。

欸欸欸，你們真的會算喔？我才不相信你們都知道答案。

一直吐槽他們也不是辦法，終究得回來面對自己的考卷。

我伏下身子，迷惑地盯著眼前一大堆數字。哇哩，這些上課真的教過喔，我怎麼一點印象也沒有……猛然回過神才發覺，不知何時自己注視的是自己的鼻尖。

不行不行不行——

我撐起後頸，晃了晃腦袋，強打起精神，上上下下左左右右BABBBAB像是打電動一樣一路動著筆尖迅速把選擇題通通猜完。

來到最後的大魔王，證明題。

是要證明什麼啦，幹。

但老師說過，絕對不能空白，無論如何都要試著解解看，多少掙扎一下。

好喔，既然老師這麼說，那我就照做。

不能空白的證明題，被我畫了一個小狗塗鴉。

釘仔養過一隻不存在的小狗，取名珍奶。他說因為眼睛小小黑黑圓圓的很像珍珠，然後毛色是奶茶色……為什麼說那是一隻「不存在」的小狗呢？釘仔很喜歡狗，可是家裡不讓他養，於是他索性自己想像一隻出來。

說到小狗，釘仔曾提過一種狗狗的訓練方式，我記得應該是叫「鼓勵式強化手段」之類的說法……當中最常見的策略是，一旦當小狗完成自己給出的指令、表現符合預期時，就給予食物作為獎勵，使行為與愉悅之間產生緊密的聯結。

那時候，和我分享著這些事的釘仔神采飛揚，彷彿真的有一隻狗在等自己回家。彷彿他的口袋裡藏著什麼準備偷偷餵給對方的點心。

我畫出在腦海中想像的珍奶的模樣，噗哧，差點笑出來。

跟釘仔比起來，我真的一點繪畫的天分也沒有。

釘仔……對了，釘仔——我突然靈機一動！

「欸……欸……」我用氣音喊著看著窗外的釘仔。

他的桌上沒有考卷，真好。

釘仔歪著頭，不明白我叫他要幹麼。

「幫、我、把、風──」

我右手比了比斜前方來回巡視的老師，左手偷偷從抽屜抽出課本，打算偷看另一題證明題的答案。

釘仔理解了我的意思，邊點頭邊對我比出「ＯＫ」的手勢，還耍帥地打直腰背拍了拍胸膛，表示「沒問題包在我身上」。

看吧，手語哪需要學。

「在哪一頁……在哪一頁……」我邊嘀咕邊凹著書用拇指翻頁。

有了。

找到答案的我興奮地握緊原子筆。

誰說我沒有認真上課，要在短時間內找到答案可不是這麼簡單的事好嗎。

欸──

我倒抽一口氣，連驚呼都來不及，手中的課本冷不防被一把抽走。

靠北，被老師逮到了。

但老師沒有罵我，只是拔雜草一樣伸手拽了拽我的頭髮。好險我剛剪過頭髮，短短的讓他不好抓。

課本被老師沒收，失去最後一根稻草。釘仔居然還敢給我扮鬼臉！

「哩——」

我發出小小的怪聲，不服氣地扮鬼臉回去。

沒想到，衰到爆，就是這麼湊巧，數學老師剛好轉回身，和五官扭曲的自己尷尬地對上視線。肯定會被老師誤以為我是在對他不爽。縮起脖子弓起背部的我反射動作都已經準備好了，想說老師會一個箭步衝過來，用捲在手中的課本往自己頭上用力敲一下……可是老師沒有這麼做。

數學老師一語不發地背過身，往前方講臺走去。

釘仔都這樣整我了還不夠欠揍？那我再舉一個例子。

叮咚叮咚——第四節課下課鐘響，在驟然炸開的喧鬧聲中，學生紛紛從教室前後出口魚貫湧出，讓人聯想到慶祝狂歡時用的拉炮，砰一聲，炸開的瞬間漫天繽紛紙花，壓力完全卸除。

小小的福利社人山人海，一群堪比「餓」靈的學生擠在櫃檯前爭買午餐。

我當然也是其中的一分子。

不只要跟著大家一起擠，我還要當擠在最前頭的那一個。

「阿姨我要排骨飯！要加滷蛋，還有……」

我點完餐，仰頭傻傻地盯著坐在櫃檯上的釘仔等他點餐。

「幹，賴健祐你是有沒有要買！」

「快一點好不好不要拖臺錢。」

「買完快點閃啦！」

我對身後大聲一嗆，「幹，是不會等一下喔！」轉回頭看向坐在櫃檯上晃著雙腳的釘仔，「所以你要點什麼？快點說喔，他們在等。」

起初，福利社阿姨以為我在和她說話，但左右移動身子，怎麼也對不到我的視線，逐漸狐疑了起來。

坐在福利社阿姨右手側的釘仔比著手語。邊比邊搖頭。我猜他的意思是他不餓。

「阿姨我還要豬血糕，菜頭……然後再一個黑輪。」

還是多買一點比較保險，不然到時候釘仔又要我分他吃。

坐在球場旁的大片樹蔭下快速嗑完排骨飯。

還有豬血糕。

還有菜頭跟黑輪。

嘴巴塞得滿滿的。

「賴健祐，你要不要加一？」

隔壁班的康樂股長趙罐頭揪團打籃球，趁午休前來一場三對三鬥牛。

賽況激烈，我被撞到差點把胃裡的食物吐出來。

釘仔跑進球場想一起打，我用力把球傳過去給沒有人防守的釘仔，他卻故意晃開身子

漏接——

砰！籃球狠狠砸中罐頭的後腦杓，背對著我毫無防備的罐頭一時間痛得蹲在地上。

「操！」緩過來以後，罐頭氣沖沖衝向我，「賴健祐你現在是怎樣！」

「幹你老師哩！」

「故意的是不是？操！」

「就不小心的齁——啊不然現在是要怎樣？」

罐頭以為我故意挑釁，挺出胸膛撞過來，我的隊友也想幫我出頭，反擊罵回去。

你來我往之下，兩邊人馬頓時全聚集在球場中央，彼此推擠，眼看要幹起架來。

叮咚叮咚——好險，鐘聲再度響起。

「球場那邊的，沒聽到鐘聲？趕快進教室！」

教官催促我們趕緊進教室午休。

教室的空氣彷彿停止了流動。和課堂考試的時候一樣——同樣是靜默無聲，同樣是低著頭，我同樣不想參與他們在做的事。

我從圈起的雙臂抬起臉，試探性地偷瞄，四處張望。

接著，拱起後背不動聲色地滑下椅子，同一時間壓低聲音朝趴著的釘仔咕噥，「欸……欸——」

我喚了幾聲，釘仔終於有了反應，他扭動肩膀坐起身，一臉惺忪。

「你不走……我走囉。」

我躡手躡腳準備從教室後門溜出去，和獨自一人布置教室公布欄的曾侑欣不期然對上視線。

「噓——」我用食指抵住嘴唇，示意她不要聲張。

動作慢吞吞的釘仔這才拖著腳步跟上來，眼睛半瞇著的他，看起來好像真的很想睡。

早知道就不叫他一起來了……可是不叫他的話，到時候醒來找不到我又在那邊生氣。

「快一點啦——」

我回過頭，用氣音催促釘仔快一點。

曾侑欣困惑地瞅著我，誤以為自己在跟她說話——拜託怎麼可能！

我連忙擺了擺手，「我不是在跟妳說話！」

曾侑欣的馬尾末梢輕輕晃動了幾下，作勢環顧四周，大概在心裡吐槽這裡就我們兩個人醒著，不然你是在跟誰說話？

這倒也不能怪她，畢竟她又看不見釘仔。

從教室偷溜出來，我們來到的地方是位於體育用品儲藏室後方的一小片空地。無人聞問的空地雜草野花恣意瘋長，到了炙熱夏天，當中有幾叢甚至抽高到我們腰際一帶。

「你真的很靠北欸……一直都不說話，考試不幫我把風就算了還想看我笑話，然後也不吃飯，連剛剛這麼簡單的球也他媽的接不好……根本什麼都做不好，那你到底一直跟著我幹麼？趕快回來不就好了？趕快變回你原來的樣子好不好，你這樣子搞我是很好玩喔？」

我蹲在圍牆的陰影裡抽菸，這是我在學校的抽菸據點。狡兔都有三窟，樹洞有兩個也不奇怪吧。

釘仔跟著在我面前蹲下。

靠北，又在那邊比手畫腳。

「比比比，是在比三小……」咕噥著，我一手捏住自己的鼻子，一手把香菸頂在額頭上故意擺出滑稽的姿勢想跟他開玩笑，「要比手語誰不會，來啊，你知道這是什麼意思嗎？不知道了吧──」

這一次，我揣摩不出釘仔的心聲，索性顧左右而言他，大人常用的手段。

看釘仔逐漸變得激動的模樣，還有不斷往遠處比的手勢，我猜他是想要我去找別人幫忙翻譯。

不用想也知道，他希望我再去向我哥求救。

我對著從牆縫斜生而出的一朵淡紫色小花吞雲吐霧。

「誰要找他，你昨天又不是沒看到……一天到晚擺一張臭臉……」

好像全世界他最厲害，其他人都是白痴。

有一說一，實際上，哥從來沒有真的罵過我白痴，但有一件事影響我很深。升上國三以前，無論課業上遇到什麼問題，哥總是我第一個想到的人。不過某回，當我又拿著參考書去找哥，哥對我的態度相當敷衍，甚至給我一種「你的問題怎麼這麼多」的不耐煩感，只因為他和同學有約。

我當然不是希望哥遲到或者失約——我才沒有這麼任性……只是那種成為別人麻煩的感覺，我不想要再感受一次。

彷彿能感覺到我低落的心情，釘仔突然不比了。他抱住膝蓋，注視著我手中那根飄著裊裊輕煙的香菸。

他看得專注，快看成一雙鬥雞眼。

我用雙手把香菸捏在指尖舉直，對著釘仔，煙持續往上盤繞，剎那間有一種捻香祭拜他的異樣氛圍。

我把香菸湊過去。

「欸，你要不要趁現在抽抽看？」

之前我每次抽菸，釘仔總是皺著眉頭說好臭，縮起身子怕沾上菸味。

憑藉著現在這樣的狀態，他有恃無恐凝視著絲縷輕煙。

「我不抽菸。」

意料之外的聲音從釘仔頭頂上傳過來。

從釘仔身後走廊拐彎處出現的，是眼尾帶著笑意的阿皓學長。

阿皓學長手上拿著夾有評分單的墨綠色資料夾，短袖子別著糾察隊的橘色臂章，往迎光面踱步而來。

「你哥知道你抽菸？」

走到陽光底下的阿皓學長問。

「他什麼都不知道。」我手指一彈，把香菸彈得老遠。

阿皓學長把菸踩熄，用鞋底來回撥弄泥土覆蓋住菸蒂。

他看了看手錶，「你差不多該回教室，快打鐘了。」

「喔……謝謝學長，那個——你沒有記我吧？」

這個還是要確認一下的，我可不想被罰愛校服務。

「沒有啦。」學長笑著說。

「謝啦！」知道我要回教室，才剛踏上走廊，釘仔已經超前我，來到自己的前面。看著釘仔被走道兩側牆壁框住的背影，他方才情緒湧動的神態霎時浮現腦海，一股無來由的力道直擊我的胸口，「學長——」

我喊了一聲學長。

學長放下資料夾，專心聽我說話。

「那個、學長……你知道這個是什麼意思嗎？」

我邊說，邊把左手手掌凹起像是捧著一個碗，右手握住拳頭彎曲手肘往前一連轉動幾圈。

雖然粗略，但應該相差不多——我還是有在認真看的好嗎？

我用餘光瞥向釘仔，得意地挑了挑眉尾。接著才慢半拍意識到學長還在，怕他誤會自己顏面神經失調，我促狹抓了抓眉間，假裝被蚊子叮到。

「我可以請你啊。」

「蛤？你要請我什麼？」

學長的回答讓我著實一愣。

「你不是說想吃剉冰嗎？」

右手不停往前轉動的動作確實很像是在操作老式的剉冰機。學長邊說邊模仿我剛才比的手勢，只是，顯然比劃得要比自己優雅許多，手腕和手肘彷彿裝有精妙柔韌的彈簧——例如同樣是捧在左手上的碗，我的是塑膠碗，學長手中的則好比青花瓷。

如果說我張牙舞爪的是動作、是姿勢，那麼學長表達出來的，是真正的語言。
一聽到「剉冰」，釘仔用力點了好幾次頭。
我找到了正確答案。

12

好不容易，終於放學了。

以前一天有這麼漫長嗎？

算了，懶得去想了——去吃剉冰囉！

我抓起書包，朝釘仔努了努下顎。

「健祐你過來一下，老師有事跟你說。」

小涓老師停下擦黑板的手，側身叫住我。

一些還在教室裡邊聊天邊整理書包的同學抱著看好戲的心態，收拾得更慢了。

我來到講桌前，擦完黑板的小涓老師放下板擦，用溼紙巾擦了擦手。

「老師是覺得啊……如果你午休時間不想睡的話，就讓你幫忙侑欣她一起布置公布欄好不好？」

我瞪向窗邊正背起書包的曾侑欣。她歪著頭，甚至還微微聳了一下肩膀。

曾侑欣這個抓耙仔。

直到在剉冰店坐定位，我還在生剛剛的氣。

釘仔垂著頭專注看著貼在木桌上的裱褙菜單。

「我要八寶一碗。」我的氣消了，我別過頭對老闆喊。接著看回到釘仔身上，「你選好了沒？看很久欸！」

蜷著拳頭滿心期待的釘仔才剛鬆開手、準備伸出指尖，我搶先一步幫他點餐，「再一碗草莓煉乳的！要加布丁。」

還刻意拔尖聲音，有點賣乖愛現的意味。

明明是自己最喜歡的口味，釘仔卻一口也沒吃。

放在他面前的那碗剉冰眼看很快就要融光。整個盤子溼淋淋、紅豔豔的，一整顆完整的布丁無精打采歪倒在水窪裡。

店外傳來朝氣蓬勃的喧騰聲響，我往開放式的門口望過去，一眼就看見阿皓學長——還有哥，他們和幾個好哥兒們剛打完球，也來吃冰。阿皓學長按住哥的脖子身體靠上他，幾乎要騎上他的背，玩鬧著走進店。

哥一見到我就收起笑容。

他們坐在我和釘仔斜對角的座位。

被學生佔據，整間冰店每桌都鬧哄哄的——除了我跟釘仔這桌。

不到十分鐘吧，哥他們很快就把冰掃光，離開了店。

其他人紛紛騎上腳踏車，剩下哥和阿皓學長在店外交談，兩人聊得意猶未盡。

而後，家住在不同方向的他們揮手道別，準備各自離去。

哥的身影從我的視野中消失。倒是阿皓學長居然折返回店裡。

「差點忘記說過要請你。」

阿皓學長走到我和釘仔這桌，往桌上放一張整齊對折的百元鈔票。

釘仔比了比桌上的鈔票，咧嘴笑開的同時雙手比讚，一臉「賺到了」的雀躍表情。

「原來學長有發現。」

「店又不大，要躲也很難躲吧。」

阿皓學長笑著小聲吐槽店家。

「然後冷氣又很不涼。」

我跟著吐槽。

學長的視線落在釘仔面前那盤融化的冰，微微彎下嘴角。

有那麼一剎那，我們沉默。

「你朋友吃完了？」

釘仔收起笑容，嘴角的弧度和學長一樣，認真注視著我。

「嗯。我朋友他先回家了。」

「喔，布丁都沒吃，好可惜。」

我挖了一小匙放進嘴裡。「我幫他吃。」

釘仔露出笑容，好像看到我吃他也就滿足了。

「對了……我找一下……」學長咕噥著翻開書包，找了好一會兒，終於找到手機。

「我有跟你哥說，看你要不要加一下我的 LINE。要是你之後還有什麼手語的問題……可以直接問我。」

「喔，好啊。學長你等一下，我不大會用，怎麼加好友，是要點哪裡……」

「我來，點這裡。我掃一下……我有傳貼圖給你了，你有收到？」

「喔，有，收到了。那我也傳一張給你。」

「好喔——有了有了。」

我們邊操作，邊交互看著彼此的手機。釘仔被我們晾在一旁。

13

書桌上攤著英文課本，但我根本沒興趣看。不曉得手語有沒有課本？等一下google看看好了。不過先讓我摺完這隻紙鶴再說。

我邊對照著從YouTube搜尋到的紙鶴摺法，邊試著摺。嘗試好幾次，始終摺不好，整張色紙被擰得皺巴巴的。

身後，釘仔趴在床墊上，雙腳打水般不斷晃動的他，直盯著眼前的漫畫封面看。他一直沒有翻開。

「你等我一下，我等一下再翻給你看……我很忙，我還在摺這個。」我對著教學影片自顧自嘀咕。「幹，是在摺什麼，教這樣最好是會摺啦……」

我乾脆不摺紙鶴。我摺了一隻亮黃色的青蛙。

我覺得對一般人來說，青蛙應該比紙鶴難摺，可是沒辦法，我會的就是會，不會的就是不會。

按住青蛙的屁股，放開。再按住，再放開。

蹲在書頁上的紙青蛙隨著指尖收放反覆彈跳，跳躍而起的瞬間好像還能聽到呱呱、呱呱的聲音，愈看愈覺得好笑——

在一次的蹦跳中，力道沒有拿捏好，青蛙不小心跳出課本，落腳在書擋架的前方。書擋架旁邊，放著一個配色典雅造型別致、更重要的是盒蓋上有著精美浮雕圖案的小鐵盒。那是阿皓學長幾年前去日本玩的時候帶回來給哥的伴手禮。

我不喜歡那種有杏仁味的甜餅乾，但用來裝餅乾的鐵盒卻很有品味，當時我一看到就跟媽說吃完餅乾，鐵盒記得留給我！

我懷念地拿起鐵盒，鐵盒裡隨即傳來瑣碎的聲響。有什麼在當中滾動。

我當然知道這裡面裝著什麼——不想被釘仔發現，我盡可能不讓鐵盒傾斜，小心翼翼地保持平穩的狀態將鐵盒收進抽屜。

也許是察覺到我正偷偷摸摸進行些什麼，釘仔下了床來到桌邊。

單手支撐著書桌的釘仔，調皮地眨動眼睛，朝房門邊的牆壁掛鉤看過去。掛鉤吊著書包背帶，被我隨手掛上的書包掛得非常歪斜，此時釘仔盯著看的，是從我書包縫隙露出的作文簿。淺藍色作文簿在黑色書包的映襯下顯得格外醒目。

「你想看幾分喔？」我起身掀開書包，本來就沒收好的作文簿啪的掉落在地。我撿起來拍了拍，翻到最近的一篇。「七十三分——怎樣，很低，爽了吧。」

我是故意這麼說的。

我當然知道釘仔好奇作文分數，並不是想看我笑話。

他想做的，是指責我。

果不其然，面前的他哭喪著臉，哀傷地凝視著我。

那是他從前面對我時，不曾——或者說不敢露出的表情。

你為什麼要隱藏自己？

釘仔什麼手語都沒有比，但是我好像可以聽見他對自己提出的疑問。

「就跟你說過了，我不想被派出去比賽齁。」

國小每次國語文競賽，老師總是指派我參加作文項目，可是我從來沒有一次得名。連佳作也沒有。

我知道自己寫得很好，但不是那種標準的作文，並不適合比賽。

比賽的結果也一次又一次證實，我的作品的確不符合他們的要求。

然而，即使如此，老師還是指派我參加……於是，從國中一年級開始，為了讓我自己和接下來遇到的每個國文老師彼此不要那麼尷尬，每次作文作業，我都敷衍交差。

因為我是這麼想的——真正想寫的東西，放在心裡寫過一遍就足夠了。

如果這麼回應釘仔，釘仔一定會追問：欸賴健祐，你不會覺得很可惜嗎？這樣真的就足夠了嗎？要是能讓自己以外的人也看到，不是更有意義嗎？

我沒有必要為了讓一些人看見自己的好，然後再去冒險讓其他不懂得欣賞自己的好的人糟蹋。更何況，很多時候所謂的「一些」，實際上遇到的機率，就是微乎其微而已。

而至於所謂的「意義」……倒是輪到你來告訴我啊。

或許有人會說這是「逃避」，可是對我來說，這是一種自我防衛機制。

太害怕受到傷害，所以先一步掩藏真實的自己。

我會說這是「聰明」。

這個關於作文的祕密，只有釘仔知道。

他是那種希望身邊的人發光發熱、樂於崇拜朋友的人，我知道他肯定從很久很久以前就想跟我提這件事，可是他很清楚，我是不會被他說服的。

叮咚。

這時，有人傳訊息過來，將我們之間的沉默打破。

是阿皓學長LINE我。他傳來一則影片，影片下面是一張送禮的兔子貼圖。學長送了我一組貼圖。

我往上滑，定睛注視著影片的預覽圖。

見我看得專注，釘仔也湊過來想一探究竟。

「看什麼看，尊重一下隱私。」我匆匆將手機收向身體，不讓他看。

小、氣。

用不著仔細讀釘仔的嘴型，從他微微噘起嘴的表情就能猜到。

我把作文簿扔在書桌上，故作若無其事將手機順勢塞進長褲口袋，「我去洗澡。」邊說邊解開制服鈕釦。

釘仔靠近房門想跟過來。

「我去洗澡你跟屁——變態喔！」

我把脫下的制服扔向釘仔，在空中攤展開來的白色襯衫差一點就要蓋在他頭上罩住他整張臉。但沒有，降落在地板上的衣服被空氣撐得鼓脹。

我觸電般想起沙灘上那隻落單的石鯛。

跟釘仔說要去洗澡不完全是個脫身用的藉口——我確實是要洗澡沒錯……不過來到浴

室的第一件事，是放下馬桶蓋一屁股坐上去，點開影片。

當然不是爸在看的那種色情影片。

影片的預覽圖，停格在釘仔的臉。

我點開影片。

影片開始播放，首先映入眼簾的，是有著簡單布置的學校禮堂。上方燈光燦然大亮，原本稍嫌陰暗的禮堂霎時變得寬敞起來。此起彼落的掌聲中，音樂迴盪而起。

音樂一出來，回憶也跟著層疊湧現。

這是手語社上學期的期末成果發表。

他們的慣例是全體社員一起表演手語歌。

只見舞臺上，十幾名手語社成員排成左右兩行，宛如鳥兒展開的羽翅。伴隨輕快的旋律，在清新的女歌手演唱聲中，他們邊跟著小聲哼唱，同時比著手語版本的歌詞。所有人動作流暢、整齊劃一，宛如一波接連一波往沙灘沖來的海浪，給人一種熱血青春的朝氣。

鏡頭陡然拉近，阿皓學長和哥在左側行列，至於釘仔則在另一邊。

再拉近，聚焦在哥身上。

畫面裡的哥露出我從來沒見過的靦腆笑容。

讓我感到陌生的哥，莫名地有一種親切感。

陌生，意味著處於一種什麼都還有可能的狀態。

「健祐健祐！」

畫框外傳來熱切的叫喚，是熟悉的聲音。緊接著，鏡頭一轉，我竟然出現在畫面裡。

我先是嚇了一跳，然後才想起來……對齁，這段影片是用小涓老師的手機拍的。

小涓老師喊我，將手機對準我。

我忍不住把影片的時間軸往回拉，再看一次，還是覺得突然出現在畫面裡的自己看起來有夠蠢。

「你覺得我們的表現怎麼樣？」小涓老師從畫面外問我。

「不知道他們到底在比什麼東西，看起來滿蠢的。」

影片中的我對著鏡頭這麼說。

你現在看起來也很蠢！

我對著過去的自己吐槽。

「賴健祐同學，你不要這麼說，大家練很辛苦。」小涓老師沒好氣地說。

「老師妳過去，我幫你們拍。」

不想入鏡，我把手機從小涓老師手中搶過來。

鏡頭裡取而代之出現的，是小涓老師。

和平常上課不大一樣，她有些害羞地用手擋開鏡頭。

「不要拍我——拍臺上啦！」

畫面重新回到舞臺上。

我的鏡頭在哥、釘仔和阿皓學長身上不停地輪流移動著。

14

午休時間。所有同學都趴著，除了我和曾侑欣。

我和曾侑欣在教室後方剪紙，布置無聊的公布欄。

我不認為貼上這些裝飾，公布欄就會好看到哪裡去。

布告欄前方陳設了一具長方形的木製大櫃子，漆成柔和的淺綠色，供每個班級收藏圖書或是放置雜物。此時櫃子上放了好幾種文具，全是曾侑欣為了布置公布欄特地準備的。

她和我的手邊各自累積了兩堆紙花瓣。

「妳真的很雞巴耶。抓耙仔。」

坐在櫃子上的我瞄她一眼，低聲說。

「沿著線剪，你都剪太小了。」曾侑欣沒有理會我的謾罵，語氣平靜。

我剪下來的每朵紙花，花瓣邊角銳利。

見我依然故我，甚至乾脆把花瓣剪成三角形擺明挑釁，她倒也不發作，兀自朝我的花堆伸出手，把我剪出的紙花掐走一瓣瓣修剪圓潤。

「沒人要幫妳，妳人緣是不是很差。」

「鈺婷有說她要幫忙，我說不用沒關係反正要做的不多。」

「啊王鈺婷她不是副學藝？睡屁喔她。我去把她叫起來。」

「欸！」

我跳下櫃子。她牽住我的白襯衫阻止。

大概是被我們突然提高的音量打擾，有幾個人動了動身子，換了另一個睡姿。

這段期間，我和曾侑欣僵住身體，大氣不敢喘。

等教室恢復為原先靜止的狀態後，我雙腳一蹬蹭回到櫃子上。

我動起剪刀，繼續剪起花朵。一朵。兩朵。

「嗯……你覺得為什麼……」曾侑欣沉吟著，欲言又止。「陳智邦他要那個啊？」

我還是剪著花朵。三朵。四朵。五朵。

隔了好一陣才回應她。

「哪個？」

「嗯……就是那個……跳——」

曾侑欣話都還沒說完，我已經知道她想說的到底是什麼。

我立刻縱身一跳，扣住她的手腕，將她往走廊的方向拽。

她被我一路拖出教室。

我定定看了曾侑欣一眼，若有所思地回頭，透過窗玻璃遠望坐在櫃子另一彼端的釘仔。

他靠著公布欄睡著了。

釘仔仰著頭，後腦杓抵著公布欄，嘴巴半開著，還流口水。

一枚被風吹動的色紙花瓣慢慢朝他翻滾過去。

被自己強行帶離開教室的曾侑欣一頭霧水。

「你拉我出來幹麼？」

我鬆開她的手。

「你應該沒怎樣吧……」

「什麼怎樣？」

在走廊上的我放大音量。

「沒有啊……就……你跟他不是很好嗎……」

「妳真的很雞巴。」

我衝著她飆出髒話，快步往教室走去。

「你才雞巴。」

我被她的反擊嚇一跳。猛然停下腳步，側身盯著她。

也太好笑，明明是自己說出來的，曾侑欣卻好像比我更受到震撼——

只見她僵硬地轉過身，低著頭，踩著小碎步快速往走廊盡頭移動。

目送著她猶如企鵝般左右晃動的滑稽背影，我忍不住靠住門框從喉嚨擠出幾聲輕笑。

這傢伙比我想像中有趣的樣子。

15

「你才雞巴。」

我模仿曾侑欣說這句話時的嘴臉，還有音調。說多欠揍就有多欠揍。

來了——

我暗暗驚呼，趕緊把腳踏車牽到一旁，還刻意地將臉別開。

稍稍拉長臉越過肩膀偷看，牽著腳踏車的曾侑欣沿著緩坡往下坡盡頭的校門口走去。

原本身形就偏嬌小的曾侑欣，夾雜在眾多學生之中，一個恍神我就跟丟了她，從視線中消失無蹤。

Shit！

我快速追前幾步，很快又在一片制服海當中發現她的身影。

不過，現在還不是能鬆一口氣的時候，還有一件事得先處理——必須把這傢伙支開才行。

「你先回去等我。我還有事，要去處理一下。」

沒錯，我接下來要做的事，釘仔不可以在場。

「平常跟還沒跟夠喔，你今天先回去，叫你先回去我的房間是聽不懂喔……耳包。」

可能是一時間沒有拿捏好語氣，氣氛突然被我搞得很嚴肅。

釘仔一臉無辜的模樣，像被雨淋溼的小狗。我差點脫口叫他珍奶。

真是有夠麻煩——再不跟上去就來不及了……哄他比罵他有用。

「小七的冰棒剛好在打折，我等一下買回去給你吃。」

此時，遠遠地我望見出了校園的曾侑欣跨上腳踏車。

我推著腳踏車往下俯衝，不管釘仔了，就當他答應了——反正他也追不上我。

喀、喀、喀、喀，用力踩著腳踏板。我愈往前騎，身後被自己撂在原地的釘仔變得愈來愈小。

曾侑欣拐過街角。

我也拐過街角。

曾侑欣經過那間影印店。

我也經過那間影印店。

曾侑欣在連鎖超市買了衛生棉。

我——在連鎖超市買了，一串衛生紙。

天啊，我沒事買衛生紙幹麼，根本是在找自己麻煩。

我單肩扛著一串十包的衛生紙，感覺路人紛紛投以困惑的目光。

不要再看了，我自己也很困惑好嗎。

心虛所致，想說必須買些什麼作為偽裝，偏偏剛好一眼看到衛生紙在特價。

啊幹——

曾侑欣突然剎車。害得也跟著緊急剎車的我褲襠用力摩擦椅墊，一時間又刺又燙。

我在椅墊上挪了挪屁股，降溫一下。

突然停下是怎樣？難道說……被她發現我在跟蹤、不對，是尾隨她。

這個念頭剛萌生，我隨即低下頭。根本是鴕鳥心態，畢竟這地方這麼空曠，最好躲得了。

喔……原來喔——順著曾侑欣的視線往小碼頭別過去，我終於知道她停下來的理由。

橘橙橙的夕陽。這不是每天都看得到嗎？

是有沒有這麼浪漫？

好吧……要看大家一起來看……

嗯……看起來是挺美的啦。

我還沉醉於這片消融在海面上的暖陽夕照，曾侑欣冷不防重新踩起腳踏板——一下子騎得老遠。

想陰我。

沒那麼容易，我立刻追上去，又開始跟蹤、喔、不對，我怎麼每次都講錯，是尾隨。

原來曾侑欣家住在這裡。

我將腳踏車停在裂縫間長有雜草的小空地，打量著眼前的平房。平房的屋頂以深色鐵皮搭建，四周牆面斑駁剝落，甚至可以看見一兩個清晰的孔洞。

儘管這個小鎮不算大，不過說實在話，我幾乎沒有來過這一帶，我相信釘仔一定也沒有來過。我開始有點後悔沒有帶釘仔一塊兒來了。但只有後悔那麼短短幾秒鐘。

我從曾侑欣的腳踏車後方走過，繞到屋子後邊，透過那扇開了一小道縫的霧面窗，瞄見另一側人影晃動。

我走上前，傾身湊近那道縫隙。

房內有兩個人。曾侑欣和她臥病在床的阿媽。

曾侑欣背對著我，正在幫她的阿嬤擦澡。似乎是中風，失去活動能力、身材乾瘦膚色蠟黃的老婦人只能任由他人擺布。擦拭完老婦人的雙臂腋下後，曾侑欣轉過身，身子正面對著窗口，蹲下的同時把毛巾深深浸入水盆，細細搓揉著。

沁涼的水聲微微撩動著空氣。

低頭清洗毛巾的時候髮絲滑落，遮住曾侑欣的眼睛，她鬆開毛巾，用溼漉漉的指尖將頭髮撩回到耳後。

她無意間抬起頭，看往陽光斜入的窗子，就這樣和我四目相交。

我們蹲在外頭狹窄的屋簷底下。說是屋簷，其實就是鐵皮多出來的部分。我吊著眼睛往上看。

「你來我家幹麼？你是不是……想扁我？」

她遲疑說著，臉別了過來。

「我幹麼扁妳？」

我斜看回去。

我們之間空出的空間，剛好還可以再蹲一個人。

「因為我跟老師打小報告。」

曾侑欣交叉雙臂夾在膝蓋之間，兩隻手掌反握著。

「最好是有這麼無聊。」我翻了個白眼。

「所以哩？你為什麼來我家找我？」

她側過臉，注視著我。她的指甲沾附著一層薄薄的水氣，在陰影裡低調地反光。

「我可以看到釘仔。」

「蛤？」

曾侑欣霎時睜大眼睛，直瞅著我。

「我沒在跟妳嘐潲，我真的可以看到他。」

「嘐潲？」

我在跟妳說我看得見釘仔，結果妳第一時間想問的居然是這個？

「就是『隨便亂講』、『唬爛』的意思啦……」

「那你就講唬爛不就好了？什麼嘐潲……」她小聲又咕噥了一遍。「嘐潲……」

還說哩，妳自己明明也覺得這個詞的發音很有趣。

「其實我聽不大懂耶……你說你看得到陳智邦，是真的看到的那種看到……還是有什麼別的意思？就好比說現在，你現在有看到他？」所以她不是不好奇，而是還在消化我剛剛說的話。她眼神飄忽著，「他……現在在嗎？」

「他現在不在這裡。他沒有跟過來，我叫他不要跟。他在的話我會不知道要怎麼跟妳討論他的事。」

「也是……」

「釘仔他每天都跟我們一起上課、打球、吃午餐，還有放學……我們今天中午布置公布欄的時候，他也在。他就坐在櫃子上睡覺。」

「所以他平常一直都在……」

「嗯。」

「你有跟其他人說過嗎？除了我以外。」

「沒有。」

「那你為什麼會想跟我說？」

「因為妳就坐在他後面。」

「我聽不懂。」

「妳應該要是最簡單就能夠看到釘仔的人。妳一抬起頭不就看到了嗎？」

我邊說邊撿起小石子往陽光底下扔。

曾侑欣小幅度擺了擺頭。

「但是我沒有看到他。」

我知道妳沒有看到他。妳不用再說一次。

「其實妳有沒有看到我是也覺得沒差啦……我只是在想……釘仔他到底要玩到什麼時候才要回來。」

「回來？你不是說他一直都在嗎？還是你覺得這兩種情形不一樣？」

「我不知道……但應該不一樣吧，他在身邊，你們卻都看不到，那這樣只有我自己能確認他存在的話，不是很危險嗎？」

「危險？」曾侑欣提高音量，露出困惑的表情。

「因為……要是哪一天，連我都看不見他，他不就真的不在了？」

「那你覺得釘仔真的會回來嗎？在外面玩膩的話。」

「我最好是會知道。」

手邊的小石子不知不覺間已經全被我丟遠了。

停在半空中的手忽然失去目標。

「搞不好如果大家跟你一樣可以看到陳智邦，他就會回來了。」

「妳說的那種情況，感覺好像是逼得他不得不回來一樣。」我知道她在說玩笑話。跟我一樣也在唬爛。「不過，我覺得很難說……說不定就算被大家看到了，釘仔他也會再跑去躲起來一次。他這個人看起來很好相處、以為沒什麼脾氣，其實很靠北。跟妳說喔……我覺得他搞不好是故意弄丟他自己的身體，讓大家都找不到他，只有我可以看到他……讓我看起來像白痴。」

「他幹麼要這樣？」

「可能想整我。」

我鬆開嘴角笑了笑，一屁股坐在地上。有點痛，有一顆小石子就在我看不到的屁股下方。

「他這幾天一直在找我麻煩。」

「地上很髒。」曾侑欣稍稍撩好裙襬，沒有坐下的打算，「剛好而已吧，平常都是你在欺負他。」

「操！最好是！」

「你不罵髒話是會死喔？」

提到「死」，我們兩人同時陷入片刻沉默。

愈來愈低的夕陽，光亮更往屋簷下方延伸。我和她的鞋尖染上一抹淡淡的暮色。

「欸……我問妳……妳為什麼相信我說的話？」我有點賭氣地說。懷疑她是不是在敷衍我。只是順著自己的話說。「妳不是說妳看不到他。」

回過頭的曾侑欣，拉直上半身，目光越過肩膀望向靜置於窗子另一邊的阿媽。

先前只開了一小道縫的窗子，如今已經徹底敞開。

曾侑欣離開房間時便打開的窗，我到現在才發現。

「我每天都會幫我阿媽擦身體……就你剛剛看到的那樣——有時候，我幫阿媽擦身體的時候……有時候會聽到阿媽她在跟我說話。」她徐徐轉回頭，直勾勾注視著我。「我也有跟我爸媽講過這件事。」

「然後哩？妳爸媽他們怎麼回答？」

曾侑欣歪著頭，不置可否地聳了一下肩膀。

感覺很像她爸媽會給她的回答。

很像大人會給我們的回答。

當我牽著腳踏車走出曾侑欣家前方的小空地時，天色已經暗了。

龍頭的其中一邊掛著一大串衛生紙，得刻意把車身往自己身體的方向靠，才能剛好維持整體的平衡。

我聽著自己的腳步聲，鞋底和砂礫摩擦的粗糙聲響，往剛剛經過的小碼頭方向行進。

不知道為什麼，一直沒有想跨上車的感覺。

想徒步走一段路。

「喂！賴健祐！」

出乎意料的聲音喊住我。

我站在原地，等著曾侑欣跑向自己。

「怎樣？」

我先出聲，讓她有調整呼吸的空檔。

「你那個是衛生紙嗎？」

「妳是來問這個的喔？」

「不是啦！我剛剛、我剛剛想到一件事……以前我爸媽他們帶我去給人家算過命……」

「是喔？你們家信那個喔，那結果妳命怎樣？算命師怎麼說？」

「那不是我要講的重點……最好是我會記得那個算命老師說什麼啦……」

「妳是故意忘掉的吧。」

「有可能。我小的時候爸媽很喜歡算命，帶我去過好多次，我常常沒在認真聽，因為我不喜歡知道未來會怎麼樣。好的壞的我都不想知道。」她一邊說，一邊使勁搖了搖頭。「反正到時候就會知道——『到時候就會知道』，你不覺得感覺很刺激嗎？當下必須很及時地去面對、動用全身感官去判斷，有一種真實感。」

我喜歡她的坦率。

「既然妳什麼都不記得，那妳跟我講這個是要幹麼？」

「喔——對，我是不記得我自己的事……但是我記得那個算命的老師有說過類似這樣的話，我反而覺得這段話比較有意思……他說每個人的生命在每個階段達到什麼樣的狀態，都是有那個人自己的命數。」

「蛤？命數？那是什麼東西？」

「命數」這兩個字，我咬字咬得很用力。發自內心的困惑。

「先說喔，其實我也不是很確定真正的定義……」曾侑欣說話的音量並不大，可是聽在耳裡非常清晰。「只是我在想……所謂的『命數』，指的可能是我們每個人遇到什麼人、碰到什麼事、或者發生什麼狀況，這當中都有冥冥之中的道理跟原因。陳智邦他可能是因為想做些什麼、還是辦到什麼，但只有用現在這種狀態，他才能夠幫到自己。」

「只有用現在這種狀態，他才能夠幫到自己……妳說的『這種狀態』……」

我呢喃著，思索著曾侑欣分享的想法。

有種窗戶被逐漸打開，視野逐漸明亮起來的通透感。

「『只有你看得到他』的這種狀態……也就是說，只有你才能夠幫到他。」她用堅定的目光凝視著我，接著一笑，笑起來的時候眼睛彎彎的。「我是這麼想的……你也可以當我在嘐哨——就這樣，掰。」

話一說完她便轉身跑走。

16

一如往常，地理考卷攤在桌上，被左右擺動的電風扇一次次掀動著。

而我則悠哉躺在床上，玩手遊。一道題目都不想做。

Yes！吃雞了。

想乘勝追擊，我狂點螢幕，想立刻開始下一場比賽。

等待配對時，眼看好不容易快湊齊，一名隊員卻跳game。

「靠北，網路是多爛。」

重新配對，這回，換另一個出包。

「現在是怎樣——」

我不耐煩地抓了抓臉頰，把手機往旁邊一扔，對著天花板發楞。

陳智邦他可能是因為想做些什麼、還是辦到什麼，但只有用現在這種狀態，他才能夠幫到自己。

腦袋一放空，今天下午曾侑欣對自己說的這段話旋即浮現腦中。

你想做的事嗎……

我側過臉，瞄向釘仔的背影。

趴在書桌上的釘仔，有點鬥雞眼地，直盯著我放學時答應買給他的冰棒。

蘇打口味的冰棒融化了，包裝袋變得軟趴趴的。

蘇打口味的冰棒，是釘仔的最愛。可是比起味道，更讓他著迷的，是顏色。發亮的藍色令人心曠神怡。

「你看，我把大海裝在裡面了喔，厲害吧。」

我輕手輕腳溜下床，拎起包裝袋，輕輕搖晃著。

隨著裡頭液體的搖盪，恍惚感覺自己真的浮潛在一片翠藍的大海之中。

釘仔仰著頭，彷彿和我想到同一件事。此時此刻，我們共享著同一個想像，回想起從前每次大考一結束，一卸下壓力的我們，第一件事就是衝到那片祕密基地，衣服脫得精光裸身跳進海裡，把自己會的泳姿全部游過一遍，然後再亂游好幾輪，直到筋疲力盡為止。那才叫作痛快。

為我辦一場西式的喪禮——

和釘仔共享著同一個想像的我，條然回憶起他在防波堤彼端對自己比出的手語。

「所以要怎麼辦……」

我不禁低垂頭，對著自己胸前輕聲細語。

關於神祇精怪存在與否，我向來抱持著寧可信其有不可信其無的開放心態。可是對於鬼神祭祀之類的宗教儀式，我心中一直存在著某種程度上的疑惑。

家裡三樓的空間應用，除了堆放雜物的小倉庫外，還有間窗明几淨的神明廳，剛好位在我房間的正上方。

一年到頭總是亮著兩盞大紅色蓮花燈的神明廳，大方木桌中央供奉著一尊玉皇大帝，左側擺放的則是公媽牌——或者稱為神主牌，我們賴家的祖先牌位。

小時候拜拜，爸媽總說拜神明可以許願，但拜公媽時不行。

孩子時不懂，爸媽嘴上以習俗傳統應付過去，也沒有解釋的意思。反正爸媽怎麼說，我們就怎麼拜，就像我懷疑哥每次雙手舉香都在盯著尖端的火紅光點，偷偷練習鬥雞眼，根本沒認真祭拜。

長大以後，有一天，突然覺得奇怪，為什麼明明是自家祖先，卻不可以許願？再長大一點，從長輩們口中陸陸續續聽來些家族故事，我終於想明白為什麼不能夠許願了。

我們的祖先還活著時就沒幹出些什麼了不起的大事，能力一般才華普通的人，即便過世去到另一個世界，也只會變成沒用的鬼，並不會因為這樣就脫胎換骨。

所以正確來說，不是不可以許願，而是許了願也沒用。

又或者，換個角度闡述，不可以許願的原因，在於我們後生小輩不可以讓祖先發覺自己沒用。

我還真是個背骨囡仔。

早些時候還可以邊拜拜邊開些無傷大雅的玩笑，但前年年初發生了一件事，至今讓我無法釋懷。

媽從洗衣間出來時，不小心被門檻絆倒，重重摔了一跤。

這一摔，摔得可嚴重，右側股骨頸骨折，疼痛劇烈，隔天立即推進手術室置換人工髖關節。

還記得從醫院回來的那個晚上，我獨自一人來到神明廳，雙眼睜圓瞅著賴家的祖先。在外頭要跟別人競爭幫不上忙也就算了，不強求大富大貴。但是連待在家裡的親人都無法保護的話，那算什麼咖，是在拜心酸的嗎？我知道這種想法很偏激，可是看著剛動完髖關節手術躺在病床上的媽，我實在無法克制自己不去這麼想。

從那次之後，每回逢年過節，必須持香跟著家人站在神明廳時，我再也無法消除心中的問號。我覺得自己好像是一個超出格子的答案。

「所以要怎麼辦……」我把下巴稍微抬起，注視著釘仔。

釘仔沒有看著我，他的眼睫毛很長，目光定在我手上的冰棒。

這時，房門被打開。是哥。

「怎樣？幹麼不敲門。」我反射性往後退一步，拉開和他的距離。

「我有敲，是你沒聽到……我還以為你睡著了。」哥邊說邊拉放幾次吊神仔領口。

「房間這麼熱，幹麼不開冷氣？」

「你不是也還沒開始開。」

哥沒有理會我幼稚的回話，「剛在樓下喊你都沒聽到，叫很多次了，媽說可以吃飯。」

「喔……我剛沒聽到。」

我敷衍著。

「欸？這個還可以用？」哥一連開關幾次，小燈反覆亮了又暗。「好懷念。」

他彎著眉毛小聲地說。

「你懷念什麼？」我遲疑地問。

「這我當時拿去換的。」

「不是媽買的嗎？」

「媽原本買的是白光的，你說太刺眼，我拿去幫你換成這種橘黃色的，你忘了？」

「喔……」

我不記得有這件事。但我想哥這麼說，就一定有。

哥瞄向被我拎在右手的包裝袋，覺得奇怪，伸手戳了戳融化的冰棒。

「你不吃幹麼買，錢很多。」

我收回手，「又沒差，再冰起來不就好了。」

這會兒，哥的目光落在我空著的另一隻手。

我抬起左胳膊，自然地握住拳頭，內外轉動手肘看了看。

「之前抓到你的地方……」

原來哥在意的是上次在防波堤試圖拉我回家時，不小心用指甲刮出的傷痕。

「那個早就好了，沒怎樣。」

「快點下來吃飯。」

哥離開房間，我習慣性準備關燈，摸住牆壁開關時和釘仔對上視線。我放開手。

剛跨出門，想起什麼，又匆匆折回房間——

嗶，我打開冷氣。

啪，我拆開一包新的餅乾，將袋口朝向釘仔。

17

我認命寫著地理老師發的回家作業。

在飯廳往嘴裡大口扒著白飯的時候，有那麼一剎那，我暗暗期待當自己回到房間時，釘仔已經幫自己寫完了測驗卷。

可是沒有。

不要說考卷了，釘仔連餅乾也沒動。

以這種狀態存在，或許並不消耗能量吧……至少這段時間以來，釘仔沒有變得愈來愈憔悴削瘦。

「臺灣的氣候類型主要分為哪幾種……」

筆尖由左至右配合著語速移動。

不這樣發出聲音一個字一個字唸出來，我永遠連第一道題目都讀不完。

「A，熱帶季風氣候、溫帶季風氣候……B，亞熱帶季風氣候、地中海──欸！」

剛剛還在陽臺眺望夜空的釘仔，不知何時回到了房間。站在我身後的他突然伸出手，交疊著手掌擋住我面前的考卷。

「幹麼啦──你不用寫作業，可是我要寫……」

我哀怨著說，把頭大幅度往後一仰，喉嚨被驟然豎直的頸部肌肉繃得乾澀。

我直視著壓低臉垂直俯視著自己的釘仔。

他歪了歪嘴，露出調皮的微笑緩緩收回手。

算你識相。

我繼續讀起題目。

「C，熱帶季風氣候、亞熱帶季風──幹，你不要鬧喔！」

以為他學乖了，安分不到五秒鐘，又故態復萌。我的視線再度被他遮住。

也許釘仔不是故意搗蛋，而是讀出了自己的心思──我的確是不想寫測驗卷沒錯……

但這是我該做的事。學生該做的事。

雖然這麼想，我停止我應該做的事，放下了筆，做起我覺得我應該做的事。

在椅子上挪動屁股，我將身體對準釘仔的方向。

在床沿坐下的釘仔，雙眼炯炯有神，看起來有話想說。

可是他沒有辦法直接跟我說。

他先是把右手手掌打開，用拇指抵住自己的太陽穴，接著以拇指作為支點，手腕緩緩前後轉動。接著，再用右手比出「ＯＫ」的手勢，將拇指和食指圈出的那個「Ｏ」湊近眼睛，透過那個Ｏ朝我眨了眨眼。

再接下來，釘仔鬆開先前的手勢，把動作歸零——下一個動作，挺出胸口的他，緩緩把雙手舉到半空中，撐開十根指頭並將掌心朝內，在胸前一帶慎重地上下來回擺動，像是在擦洗著自己的身體。

起初，我還很認真地在學習釘仔的動作，但學著學著，我開始不正經起來。

原本在上半身一帶來回擺動著雙手，到後來，我邊搓揉自己的胸部邊蠕動身子發出不雅的呻吟。

「你是想表達什麼？你是在搓ㄋㄟㄋㄟ喔……你是在起鵤喔？」

「起鵤」專門用來指雄性動物發情。這類的臺語特別好學。

面對我的惡搞，釘仔停下動作，眉毛用力揪在一起，瞪著我。

「好啦，不鬧你了。」

我認真學就是了咩。咩——我在心中模仿羊的叫聲。還是有點不正經。

「然後哩？我不懂。」

釘仔往我扔在床上的手機一比。

「對齁，可以問學長……」

我把手機靠住書擋架，開啟錄影模式，比劃著釘仔剛剛教自己的手語。

「你看，我比得很好吧，你不要以為我都沒在看，我也是有認真在學好不好……」

我對螢幕裡自己的表現相當滿意。

釘仔學我翻白眼。

我們從彼此身上都學到一點東西。

兩個小時過去，阿皓學長還是沒回應。

我甚至久違地將手機重開機，依然一則新訊息也沒有。

留意到釘仔的目光，躺在枕頭上的我收了收下巴，斜睨一眼書桌上那張空白的考卷。

「我不是故意找藉口不寫的喔……我是在等學長的訊息。是你要我幫你問的。」

釘仔什麼話也沒說。曲膝坐在地板上背部靠牆的他一動也不動。

「好啦……吵什麼吵——寫就寫……有什麼了不起的……一直囉哩囉嗦……」

他明明不吵不鬧，我心虛地滑下床，拖著腳步來到書桌前，抄起原子筆用飛快的速度把答案全都猜完。

「寫完了。」我瀟灑地擲開筆，得意洋洋看向釘仔。

你全部用猜的，那你這樣跟數學小考的時候有什麼不同？

釘仔比著手語。

「要你管。考好考壞根本沒差，反正以後又用不到。」

我在網路上看過很多人這麼說——學校教的東西出社會八成都用不到。

這句話八成是雙關。

我蜷縮在床上，冷氣很涼的房間讓人昏昏欲睡。

應該沒希望了……儘管這麼想，我還是趁著失去意識前，忍耐著睡意最後一次確認訊息。

我第一百零一次點開我和阿皓學長的聊天室。

傳出去的影片仍然未顯示已讀狀態。影片的預覽圖理所當然定格在我的憨臉。

一開始只是對那張目光渙散的臉感到滑稽可笑，接著冷不防冒出一股直覺，覺得哪裡不對勁，和圖片裡的自己怔愣對望半晌，才猛然意識到大事不妙——

我往自己的鼻頭用力一戳，影片播放的同時，聲音隨之流出。

「你看，我比得很好吧，你不要以為我都沒在看，我也是有認真在學好不好……」

我跟釘仔說的這些垃圾話也被錄了進去。

「靠北，學長會不會以為我在跟他說話……應該沒有錄很清楚吧……」

我安慰著自己，把音量放大——

靠北，都幾年前的手機，收音品質這麼好是怎樣。聽得一清二楚。

不死心，我打算再check一遍。畢竟是自己說過的話，聽得懂內容是很正常的事……對——我必須將自己抽離、從客觀的角度來聽聽看……叮咚！剛按下播放，耳朵湊近手機的我被意料之外的響亮音效嚇一跳，整個人從床上彈起來，差點失去平衡撞上一旁的玻璃窗。

好巧不巧，是學長傳來了訊息：我想要看電影。

很奇妙，光是看到自己傳出去的訊息顯示已讀狀態，便有種瞬間獲得理解的滿足感。

剛讀完阿皓學長訊息的我，腦袋打結，一時半會兒轉不過來，覺得無厘頭，心想學長沒事幹麼突然約自己看電影。

當釘仔坐來自己身邊，一起盯著手機螢幕時，我才恍然意會過來——

小丑竟是我自己。無厘頭的是自己，學長只是在幫釘仔翻譯他想對我說的話。

拇指抵著太陽穴轉圈是「想要」。

圈住右眼的ＯＫ手勢是「看」。

雙手掌心朝內在身體前方上下交替擺動是「電影」。

「所以——你想要看哪一部？」我把手機逼到釘仔的鼻尖前，螢幕光芒霎時把他的臉打得好亮。

但他的眼睛不畏光，一眨也不眨直視著我。

那表情像是在衝著我大聲質問：賴健祐你現在是不是在裝傻啊！

被抓包。我的確是明知故問。

18

我和他之間，哪還會有別部電影。

腳踏車還在對向車道，遠遠望見釘仔剛好從醫院出來。

釘仔的膝蓋包紮著繃帶，一手撐著拐杖，走路往一邊傾斜，一跛一跛，讓人聯想到跳針的音樂。

我直接違規穿越雙黃線，迴轉到醫院前方的人行道，隨手將腳踏車一停，快步朝釘仔跑去，攙扶住他。

「有夠衰鰗！票都買好了說。」

我故作輕鬆地說。

他不發一語，空氣中瀰漫著明顯的抵抗意味。

「現在是怎樣，下次再看不就好了？一兩百而已你是在那邊不爽什麼！」

「一兩百塊我還你啊。」

他的聲音有些哽咽，他甩開我的手。一個人一拐一拐繼續往前走。

拐杖和地磚敲撞出清脆的聲響。

誰在跟你講這個啊——他明明知道這不是錢的問題。

我也跟著噘起嘴，把肩上的書包往側頸方向拉，快步跟上他的背影。

「你臉這麼臭是怎樣，是在擺給誰看……又不是我害你摔倒的——你自己走路不看路怪誰。」

事情是這樣的——那天下午，我們原本約在電影院看電影，可是我左等右等，等到電影都開演了，就是沒等到釘仔。

傳好幾則訊息都沒讀，打電話過去想罵人，沒想到另一頭傳來陌生的聲音。當對方表明自己是護理師的時候，我嚇一大跳，還以為釘仔出了什麼大事……我愈想，愈覺得自己很無辜。這麼說起來，心靈受創驚魂未甫的我，才是那個應該要生氣的人。

一想到這邊，我刻意放慢腳步，稍稍落後釘仔，忽然又加速，從他背後偷襲。

「煩欸你。」

我狂搔釘仔的癢。

怕癢的釘仔劇烈扭動身子，咕噥著把我撞開。

別看他體格頎長瘦高，實際上並沒有看上去的那樣單薄。

他想繼續裝生氣，卻忍不住笑。

我趕緊接著搔，好讓他徹底氣不起來。

「不要搔喔——再搔我就要生氣了喔！」

誰理你，你說停就停喔。我還是搔。

釘仔止不住狂笑。搞得不怕癢的我也莫名其妙跟著放聲大笑。不經意重疊的笑聲產生共鳴將我們的音量一時間放大好幾倍。情緒逐漸平復下來的我們並肩前行。

我扶著釘仔的手肘，配合受傷的他放慢腳步，走著走著，甚至還學他故意一拐一拐。

「你很煩欸……不要學啦。」釘仔皺起臉，撇著嘴說。

「讓我學一下咩。」

「你真的很煩……對了——」

想起什麼有趣的事，釘仔收起假裝嫌惡的表情，將兩邊的眉毛往上一挑，彷彿有兩隻輕靈的小鳥在上頭彈跳。

「我們有時候不是會在網路上看到演員分享他們是如何去揣摩一個角色嗎？然後表

演其實可以分成很多種流派……」他又來了。又開始說些不知道從哪裡得知的資訊。但我確實看過類似的短影音，前陣子不少電影紛紛使用這種宣傳手法，將從無到有製作一部電影的幕後歷程與觀眾分享。釘仔繼續說著，「例如最有名、最常聽到的就是『方法演技』……如果說方法演技是讓演員從角色的內在心理出發，最後徹底化身成另一個人——也就是對方想詮釋的故事角色，那麼與之相反的，就是鏡象技術。這種技術，簡單說就是通過模仿該角色的動作、姿態、語調和情感來建立連結和共鳴。」

「聽起來好像有點殊途同歸。」

我訝異自己竟然聽懂了。

「沒錯！」心情亢奮的釘仔咧開嘴，眉開眼笑地，露出被理解的笑容。「這兩者看似出發點不同，但最終的目的，都是企圖讓心理和外在達成某種一致的平衡，只是從不同的方向去達到『變身』。」

「所以說，現在在模仿你的我，正在和你產生某種連結嗎？」

我的手往他的手肘內側伸去。那裡有一處小小的凹陷。

「可以這麼說。你再繼續學啊，小心到最後真的變成我。」

「誰怕誰。」

他不知道我最禁不起激嗎？

真正受傷的人，假裝受傷的人，我們一拐一拐相偕前行。

靠得很近的我們，之間迴盪著抒情的歌曲。

是釘仔，哼起了他很喜歡的一首歌。

剛開始只是斷斷續續哼著大致的旋律，哼著哼著，忍不住把歌詞唱了出來。

我想著釘仔剛剛提到的概念，想像自己面對著一面鏡子，嘴巴跟著他動著。

至於自己有沒有真正發出聲音，我已經記不起來了。

如今，我們坐在電影院裡，看著我們期待已久的電影。

遲來的電影，播放的內容將會和我們那天錯過的那場一模一樣。

我突然覺得有點不甘心。

因為不管播放幾千幾萬次，電影本身都不會發生任何改變。

小鎮二輪電影院平時光顧的人便不多，此刻午夜場更是觀眾疏落，十根手指數得出來。

我們選擇最後一排的座位。

這是我和釘仔的習慣，我們喜歡看電影的同時，也看看觀眾看電影的反應。

我就說很無聊吧，還硬要挑這部……你看他們在打瞌睡——

欸賴健祐你看那邊，那兩個在摸來摸去，到底是來看電影還是來——

靠北，你也睡著了喔，還敢笑別人——

一坐在這裡，那些窸窣低語的回憶都回來了。

「你幹麼要我買兩張票……他們又看不到你，你就直接跟著我進來不就好了？」

剛剛撕票進場時，我下意識遞出兩張電影票。打工的大學生愣住，往我身後看了看，我反應過來，趕緊從對方手中把一張票給抽回來，匆匆塞進口袋，糊弄對方說我想留一張完整的票。

我跟他解釋這麼多幹麼。我吐槽自己。

預告結束，電影就要正式開始。切換成正片的瞬間，光暈的色調發生變化。

我別過頭，定定凝視著釘仔的側臉。

他那衷心期盼一樣事物，殷殷等待好一段時間眼看終於要實現了的神情。

這就是你想做的事嗎？

欸……你再跟我多要求一點，好不好？

「賴健祐——」

低沉的嗓音有環繞音響的效果。

「學長——你怎麼會來？」

突然現身的阿皓學長，從容自在地坐進我身旁的座位。

「差點趕不上，我應該沒有錯過很多吧。」

學長的語氣和態度過於自然，讓我一度誤以為自己真的跟他約好了一起看這部電影。

「沒有，才剛開始不久。」我說。

「那就好。」

釘仔傾身向前，越過我看了看學長。重新躺回椅背的釘仔，把臉壓低，神采頓時跟著黯淡下來。

「這部電影好看嗎？」

「學長沒查過簡介就來看喔。」

「沒差啊，想說反正進來放空也不錯。」

「學長怎麼知道我會看這一場？」

「這時間也只有這一場。」

「也對。」

這就是鄉下地方的好處。想碰到一個人，並沒有那樣艱難。

「偷偷跟你說……我是偷偷溜出來的。」

「我也是。」

「一起吃。」

阿皓學長買了一大包爆米花。鹹甜口味各半。

「我每次都吃不完。」

「嗯。」

我點點頭，往桶子裡抓一大把爆米花。

爆米花像小小的可愛的雲朵。我把這些雲朵捧在手掌心，一朵接著一朵放進嘴裡。我捏起其中一朵遞到釘仔面前。他不吃，把臉別過去。是因為他只吃甜的爆米花嗎？還是因為我跟阿皓學長講話太大聲吵到他看電影了？

「歹勢，這麼晚才回你訊息。」學長說著用肩膀碰了碰我。

學長身上總是帶有一股淡淡的香氣。

我不確定是洗髮精還是沐浴乳的緣故，又或者是洗衣球柔軟精的氣味……我總不能貼過去把學長從頭到腳全聞過一遍吧。

「喔，沒差。」怕釘仔生氣，我把音量放得更小。

「我上次模擬考考不夠好……手機回家被我爸媽『保管』。」

所謂的保管，其實就是沒收。

我理解地苦笑。

「他們都這麼晚才還你？」

「嘿啊，你才知道。」

學長笑開露出虎牙，難得看到他俏皮的一面。

哥和阿皓學長作為彼此最要好的朋友，比起哥的優越距離感，學長平常給人的感覺是一種不同於同儕的成熟氛圍。

「學長過得很辛苦齁。」

「還好啦，習慣就好了。」

躺在椅子裡悄聲交談的我們逐漸感到放鬆，頭慢慢地歪向彼此。

我們繼續吃著爆米花。我們的手有時候會剛好同時放進桶子裡。

老實說我已經不知道電影在演什麼——反正釘仔似乎也對這部電影感到失望。

釘仔的雙肩往內折，整個人縮了起來。

院廳左前方的門被推開，都開演半小時了，還有人想進來。

遲到的是一對情侶，他們手牽著手捱住彼此，低著身子小跑步入座。

欸？

我有看錯嗎？

我浮誇地用力揉揉眼睛，再看一次。

那對情侶中的男生，是哥。

哥居然在偷偷談戀愛！

但真正讓我感到震驚的，不是哥談戀愛這件事——畢竟哥在學校算是風雲人物，外型亮眼成績又優異，根本是偶像劇男主角的設定……哥牽著的那個女生，或者應該說，女人，是小涓老師。

我用餘光偷偷瞄著阿皓學長，想觀察他的反應。

剛剛還在跟我聊天的學長，不知何時被電影吸引了過去。他面無表情注視著前方的大銀幕。

我瞥向另一邊的釘仔，他像是把自己縮進豆莢一樣，依舊悶著。

19

房間燈暗著。今天我猜輸了，睡床上。

我左右翻來覆去，一下側睡、一下仰睡、一下趴睡，最後索性放棄不睡。

今晚開了冷氣，所以當然不是氣溫的問題——

「你也覺得很扯對不對？師生戀欸！太扯了吧！」不趕快把這些話吐出來，我一定會憋到爆炸。「網路上那些網友說的居然是真的，平常滑到，都想說怎麼可能這麼扯，一定是幻想文啦……結果居然真的會有這種事情發生。而且還是哥……」

發現哥和小涓老師的親密關係，我怎麼可能睡得著。

電影院裡的他們時而頭靠著頭，時而別過臉深情地凝視彼此……這畫面不曉得比今晚這部電影好看多少倍。

「是加入手語社才開始的嗎？小涓老師沒有教過哥他們班國文……所以應該是在手語社認識的沒錯……但是、對耶，我好像沒有問過哥，哥為什麼想學手語？如果契機是手語社的話，他們是一開始就交往了嗎？還是最近才剛開始？等一下！靠——你該不會早就知道了吧？」

起初還在自言自語，我猛然想到什麼，坐起身來看向釘仔。

我和他視線相交，在黑暗中靠牆而坐的釘仔雙眼發亮，帶著點冷，有種金屬的錚錚質地。

扣住雙膝的釘仔，是醒了，還是和我一樣也睡不著。

「欸欸欸！說啊你，你是不是早就知道了？」

釘仔緩緩閉上眼。房間裡的光源頓時消失了。

我像隻青蛙雙腳蹬跳下床，用跪姿爬向釘仔。

「你到底知不知道，學長好像不知道——知道的話剛剛怎麼都沒反應……還是說學長沒看到他們？應該不會吧？電影院銀幕這麼亮……同一個社團、他又跟哥這麼好，應該會知道才對……欸！你幹麼都不講話。是怎樣？」

對於我的咄咄追問，釘仔還是閉著眼睛。

是怎樣，從電影院開始就拒絕溝通，我根本不知道自己做錯了什麼。

還是說，做錯事的，其實是其他人，我只是無故被他遷怒。

我比任何時候都更快想到答案。

若是從前，兩個選項皆有可能……但現在，只剩下「我做錯了什麼」這個唯一解。

「你是在生氣喔？你是在生什麼氣？」你不說，我怎麼知道自己做錯了什麼。「幹，說要看電影的人也是你！欸！欸！欸！釘仔——我在跟你講話你有沒有聽到！欸！你再不理我我就要搔你癢了喔！」

我想跟當初到醫院接他時一樣搔他癢。

笑出來就好了。

「我沒有在跟你開玩笑喔……我是說真的——我真的要搔了囉……」

可是我不敢。

突然害怕起來。

怕一碰到釘仔，他就會如同煙一般消散。

我的雙手停在半空中，指尖蜷曲著。最後完全縮回掌心。

「莫名其妙，生什麼氣。」

我從地板起身，往床墊重重躺下。

空氣、彈簧，還有我的身體，都在彼此對抗。

我往釘仔靠坐的方向抬起腿，對著虛空一連猛踹幾腳。驟然繃直的大腿肌肉差點抽筋。但我還是咬著牙，不服輸地又多踢了幾下。踢到累了。空氣、彈簧，還有我的身體。

20

這個公布欄明明不大，可是每次站在這裡面對著，總讓我有一種怎麼永遠裝飾不完的挫折感。

「所以他還是不跟你講話……還是好像應該說『溝通』比較對一點……」

曾侑欣把我貼好雙面膠的紙蝴蝶接過去，撕掉膠膜。

這一次釘仔沒有靠坐公布欄，而是在他窗邊的座位趴著。

他的頭被桌上堆得像一座小山似的繽紛紙鶴掩沒，讓人聯想到把頭埋進土裡的鴕鳥。

你不理我沒關係，我還有其他人可以「溝通」。我衝著他的背影輕哼一聲。

「完全不理人。不知道在拿什麼翹。」

「所以他現在……」

曾侑欣的視線往櫃子的另一端移動過去。

她還記得我上次跟她提過的事。

「睡覺啊，不然哩。」我往窗邊抬了抬臉。

「喔，他今天在座位上睡。」

曾侑欣的口吻如常，差點讓我以為她也能夠看見釘仔了。

我沒有讓曾侑欣察覺到自己一瞬間的喜悅。我收起淡淡的笑容。

「那你現在打算怎麼辦？他如果一直不跟你溝通……」

曾侑欣舉著粉紅色的紙蝴蝶，在我們上次製作的花園前比劃著，似乎遲遲無法決定貼在哪裡比較好。

「我打算喔……我打算扁他一頓。」我作勢往空氣中揮了一拳。

「我是認真在問你。」

雙面膠用完了。我拆開新的一捲。

「妳覺得哩？有什麼高見嗎？」

我揶揄著說。

她停下手中的蝴蝶，認真思索著。

「嗯……你有試過道歉嗎？」

「道什麼歉？操。」

「我哪知道。只有你們自己才會知道在冷戰什麼。」

「鬼才會知道。」我順著她的話脫口而出。

提到鬼，我們同時陷入沉默。

我深深吸一口氣，吸得很慢、很確實。

好像只有這樣子做，空氣才能夠順利進入肺部，我渾沌的大腦才能夠開始運作。

「真的是有夠麻煩……幹你老師。」

曾侑欣皺一下眉頭，用手肘往我胳膊輕輕頂一下。

好一段時間，我們誰也沒再開口。我剪貼著一小段一小段的雙面膠，而她終於在花園裡找到了適合那些蝴蝶存在的位置。

她貼好最後一隻蝴蝶以後，打破了沉默，說，「其實我也不知道對不對……但是我覺得要是有人真心誠意地向自己道歉、說對不起，我的心情好像會輕鬆很多。」

「就算對方不知道自己在道什麼歉也OK？」

「嗯。我覺得很OK。」

「可是想起來還是很不爽耶，為什麼我莫名其妙要道歉？」

「那就要看你覺得跟他和好到底重不重要。」

「當然重要啊……不然我幹麼跟妳講這麼多……」

「I would always rather be happy than dignified。」看我一臉痴呆，曾侑欣接著說，「你是不是沒有在認真上英文課？」

老實說，沒認真上的不僅僅英文課——她乾脆直接問我有哪幾科有認真在上比較快。

「這是英文老師摘自小說《簡愛》的句子，意思大概是，『我總是寧願選擇快樂而不是保持尊嚴』。雖然可能不是很符合你們兩個人的情況，但我突然想到這句話……我很喜歡這句話，人的一生真的太短了，不要自己去限制自己能夠快樂的時間。」

「學藝股長，妳真的很認真上課齁。」

我故意調侃她。

又一次，我靜靜地看向將頭埋在五顏六色紙鶴堆裡的釘仔。

不管是紙鶴還是紙蝴蝶，用紙做的東西，都沒有辦法靠自己的力量飛起來。

21

放學了，釘仔雖然跟著我走出校門，但遲遲不肯坐上後座。

「你不坐我就自己走囉——要坐就快點上來。」我故意往前滑行一小段，想嚇唬釘仔，可是他不為所動。「我真的要走囉——掰。」

這一次，我不是在做假動作。我撐起上半身，用站姿深深踩下踏板往前筆直騎去，俐落乾脆地丟下釘仔。

逐漸騎遠，上學時原本在右手邊的景色，現在全調換到了左手邊。

明明是極其自然的事，甚至被吐槽說在講什麼廢話也無從反駁，然而瀏覽著習以為常的風景的我，有一種慢慢被天際海面融合成一片的黃昏色調吞沒進去的催眠感……先是眼睛痠澀，忽然眼窩一股熱流經過。

明明釘仔他才是被丟下的那個人，但此刻我的內心卻無法克制地湧上無以名狀的哀傷，覺得好想哭。

我稍稍把臉揚起。

哭屁喔哭。

起初我以為自己是因為覺得委屈而想落淚，可是直到這瞬間，我才發現自己在意的根本不是自己的感受。

是釘仔。真正影響我的感受，牽動我所有情緒的人，是他。

要是有人真心誠意地向自己道歉、說對不起，我的心情好像會輕鬆很多——

直面而來，吹往臉龐的風讓我的心情霎時開闊，曾侑欣午休時對自己說的那段話，清晰地迴盪耳邊。

我決定看一下不同的風景。

平常直走的路線，我龍頭一轉，拐進了一旁的岔路。

眼前矗立著一棟桃紅色的四層樓獨棟透天厝。

在鄉下地方，自家建蓋樓房並不算罕見，但每隔幾年就會特地花幾十萬重新拉皮、整修外觀的，卻是少之又少。

爸媽說阿皓學長家很有錢，家族在新竹開公司從事營造業。

不過，壓根兒用不著這些資訊，光是從停車棚裡停著的那輛靛青色瑪莎拉蒂，便能充分表明阿皓學長的爸爸，就是我們這座濱海小鎮的海王。

等了一陣，學長還沒回來。確認四周無人，我點起菸，以為來了菸癮，點燃後忽然失去興致，我將香菸靜靜夾在指間。

我突然有點好奇，人可以接受到多高的溫度而不受到傷害？恍惚之間，我覺得自己好像已經問過自己這個問題，可是認真追索，卻想不起來自己有沒有回答過。

於是我把這一次當作第一次，嘗試解答自己提出的題目。

我緩緩攤開左手手掌，將冒著絲縷白煙的香菸朝自己的掌心湊過去。

距離愈來愈近，熱度愈來愈明確。

但為難的是，尖端的火星已經若有似無地擦到手掌，已經來到物理甚或生理上的臨界點了，我居然還有辦法忍耐，並且打從心底並不真正感覺到燙。我移開視線，想讓身體告訴我答案。再近，就真的會碰到了喔。再下去，就會戳進肉裡。我的理智這麼告訴我。可是我的理智愈來愈遠。

我覺得我的感官和我的意識和我的身體，被逐一分離。

雖然我和釘仔的情形不一樣，大家都還能看得見自己，但是我不再是完整的了。

叮鈴！叮鈴！

清脆的響鈴聲從遠方傳來，像一隻蜻蜓輕碰到我飄浮的意識。

回過神來的我把左手藏到身後，將香菸順勢扔在地上，用球鞋踩熄。

停車棚地上本來就有不少菸蒂，看起來阿皓學長他爸菸抽得很凶。

剛剛的鈴聲是阿皓學長按的。他騎著腳踏車流暢地滑進屋前大片空地。

「賴健祐——你怎麼會來我家？」

說不出學長是訝異還是喜悅，或者兩者兼具。

「有事情想問學長，想說直接當面問比較快。」

「好啊——」學長明快地回應，接著忽然想到什麼似的朝馬路方向撇一下頭，「肚子好像有點餓……你有吃過最近新開的那家美式炸雞店嗎？」

「沒有。」

「請你吃，走。」

學長不急著追問我遇到的問題。

我想這就是自己為什麼會一直來找他的原因。

22

頭髮溼著。頭上披著毛巾，剛洗完澡的我回到房間。

釘仔不在房間。

我邊擦頭邊原地轉圈，房間不大，我還是轉了幾圈，險些頭暈站都站不穩。

想到一個可能，我把毛巾往椅背一披，興沖沖手腳並用爬上床探頭往陽臺望去。

陽臺空蕩蕩的，沒有半點蹤影。

是怎樣，就算從學校用走的，都這個時間了……也應該已經到家才對。

我在心中嘀咕著，後退下了床，剛一轉身，釘仔就出現了。

宛如學校午休的延續，釘仔佔據了我的書桌，把臉埋在圈起的雙臂之間。

那模樣簡直像是把臉塞進馬桶坐墊。

我被自己的想像逗笑。

「一直沒看到你，我還以為你又跑回去教室睡覺。」

我故意這麼說。

對釘仔來說，光是想像自己待在深夜一片漆黑的無人學校，恐怕就會讓他坐立難安、渾身冒起雞皮疙瘩。

「跟你開玩笑的。」

怕真的嚇到他，我補了這麼一句。

是真的睡著了……還是不想理我所以裝睡。

沒關係，我準備了一個可以吸引他注意力的方法。

我踩上床墊，搖搖晃晃走向窗，把窗子完全拉開，跟著打開紗窗，一腳跨過窗框來到陽臺。

陽臺的水泥地敷了薄薄一層細沙，光腳踏上去的瞬間有一種置身沙灘的微妙錯覺。

我直直走往陽臺底端的牆垣，雙手按住俐落攀越上去，模仿著沐浴在晨曦中的釘仔用手語對自己說「早安」的那天早上，將兩條腿晾掛在陽臺外側，小幅度前後搖晃搖晃著。

好像隨時都會跳下去。

我扭回頭，透過完全敞開的窗口遙望釘仔趴伏的背影。

他把臉龐藏得太深，以至於我連他的後腦杓都看不見。

你再不理我，我就真的跳下去了喔。

我在腦海中用力地這樣想著。

釘仔立刻有了反應。

不管是真睡還是假寐，他醒了過來。醒過來的釘仔起身，模仿著我踩上床墊。

但是他沒有跟著我穿過那個窗口。

釘仔在床上盤腿坐下，他專注地看著彼端的我。

如果能夠從他眼中看見自己，這一刻的自己一定非常清晰吧。

就好比現在的釘仔，他臉上每一寸肌膚紋理，都深刻地烙印在我眼底。

在那樣的目光裡，坐在牆垣上的我緩緩轉過身來。

背對著夜空的我，一個重心不穩就會往後翻倒摔往一樓。

身處險境甚或絕境的時候，自身往往是無從察覺的。

就如同現在，當我把注意力完全集中在釘仔身上時，上一秒的危機意識霎時被拋諸腦後。

我慎重地舉高雙手，動作慢到臂膀划過的空氣彷彿化作帶有水流阻力的河流——

我「唱出」釘仔最喜歡的那首歌。

用我的手勢我的動作我的表情大聲唱著，確保釘仔可以百分之百接受到自己想傳達的心情。

比到最後，我情不自禁跟著心中的旋律微微動起了嘴巴，小小聲地清唱。

釘仔抿住嘴唇，不知道是想憋笑還是在忍耐著不流露出其他情緒。

你丟下我就是為了去學這首歌？

他揚起臉對我說。

誰丟下你，是你自己不坐上來的好不好。不過這樣也好，我剛好可以去找學長學，算你賺到。不過老實說，我也算是有賺到啦，學長請我吃炸雞，就上個月新開的那家，我們還沒吃過——內心這麼想著，但卻沒把後半段話說出口。我抿了抿嘴，踟躕一下後取而代之問釘仔：你覺得我唱得好嗎？

釘仔舉起雙手，看起來準備回應我。停在半空中好一會兒，什麼話也沒說就垂放回去，貼在大腿上的手，把褲管抓出皺褶。

他好像在整理著自己的思緒，壓抑著自己突然間激動起來的心情。

一段時間過後，平復下來的釘仔才又緩緩抬起手。

你，唱得很好。

那一瞬間，我好像可以聽見釘仔用微微哽咽的聲音，從喉間推出這句話。

現在，輪到我的情緒被他影響了。

雖然不知道你在生什麼氣，但是，對不起。

用雙手食指在胸前交叉彼此輕碰一下後，我把右手抬到眉尖做了個舉手禮。

這是手語「對不起」的意思。

沒關係，你本來就沒有應該知道的義務。你可以再唱一次給我聽嗎？

釘仔笑著對我這麼比著。

23

早晨，眼睛閉著。感覺有風。

原來是釘仔吐送氣息，吹出微風撩動我前額的髮絲試圖叫醒我。

睜開眼之前，還以為是電風扇在吹。

電風扇轉到兩邊極限時會發出喀喀粗嘎聲響，好像快故障了。

聽著那不對勁的聲響，陷在枕頭裡的我磨蹭著布料艱難地別過臉，和蹲在床邊的釘仔四目相對。

確認我醒了過來，釘仔滿意地挑了挑他那一雙濃眉毛，接著比劃起動作——先是蛙式，然後是自由式，最後連蝶式都跑出來了。

「你想去游泳？」

釘仔點頭。

兩條胳膊也沒閒著，蛙式、自由式、蝶式……重新比了一輪。

他跳過了我不會的仰式。感到貼心的同時，又覺得好像也是一種挑釁。
連這種情況都可以曲解，我是不是真的有病。我用手臂壓住眼睛，忍不住自嘲。
風還在往自己身上吹。
「這麼早你要去哪裡？」
剛出家門，便聽到聲音。我轉過身，嘴上叼著塗抹厚厚一層乳瑪琳的吐司。
哥小跑步進入騎樓，晨跑結束的他身體被溼透的背心黏住。
「去游泳啊。」
我看了看掛在腳踏車上的提袋。從袋口可以瞄見蛙鏡捲起的矽膠頭帶。
「游泳池？」
「不然哩？游泳當然去游泳池，去海邊那個叫作『玩水』。」
我跨上車，釘仔坐上後座。
「反正自己稍微注意一下，記得熱身。」
「我又不是不會游——我哥叫你注意一下啦，有沒有聽到。」
我對身後的釘仔說。
餘光裡掃過哥的動作，他好像還想跟我說些什麼。

但想起從前每一次自己真的等了，他卻又什麼都沒說。

一轉眼我已經把腳踏車騎遠。

很久沒有在假日這麼早的時候起床了，雖然從小到大生活的小鎮還沒有陌生到不認得的地步，不過確實多了點新鮮感。或許是因為許多人趁著假期補眠，仍流連於夢鄉之中，空氣還沒有被「人為」汙染，不管是視線或是聽覺，都變得格外敏銳清楚。我好像可以聽見海浪的聲音，一層疊過一層，海水顏色在晨光照耀下漸次轉變，有些地方深不可測，有些地方則凝脂透亮猶如翡翠水晶。

我想起擺在教務處書櫃上的那顆地球儀。每次從窗邊經過，我總會順手撥動一下。某天我忽然驚訝地發現，儘管我們把海洋劃分成好幾個區塊，但其實海就是海。所有我們以為不同的沙灘，實際上連接的都是同一片海。

我以為自己聽見的海，帶來了我對於海的感受。

在海所帶來的種種感受裡，我看見沙灘上躺在自己身邊的釘仔，他對著薄荷氣味的陽光喃喃自語，聯覺，一個古怪的詞彙，我問他，聯覺是什麼？他說聯覺就是「通感」，一種特殊的感知現象——指的是當我們的感官接收到某些資訊時，會自動引發、刺激另一種感官的感覺與認知。

好比當有些人「聽到」特定的音樂還是聲音時，可以「看到」某些顏色。

又或者看到別人被輕拍肩膀，自己的肩膀便也感受到同樣的觸碰。

再舉一個更為普遍的例子，例如當有人說出「蘋果」一詞時，我們好像可以聞到蘋果的清甜香氣，更甚者，吞一口口水，口腔還能夠若有似無地嚐到蘋果的滋味。

於是每當我嘗試回想自己和釘仔一同經歷的過往時，總能感受到那時的氣溫與溼度，總有一層濾鏡般的淡淡顏色籠罩在眼前，這樣的情況，也是正常的吧。

那就是我對於你的直覺。

我對記憶裡身上渲染了一抹顏色的釘仔說。

然後，不知道從哪裡發出的細小碰撞聲響，讓我瞬間豎起神經看見轉動萬花筒般各種色彩消融混合繼而反轉高速離析，如煙火反覆炸裂——硝煙香菸冰涼蘇打冰棒，燒灼刺痛腳趾縫間連綿沙灘，鹹甜雲朵萊姆色爵士樂前後搖擺海浪……因為腦海深處的一個碰撞，我半是漂流半是徐徐推送，即興地回到那個百無聊賴並有著鬆軟麵包氣味的放學下午。

和從前日子沒什麼不同的那個下午，我和釘仔來到祕密基地消耗晚飯之前的閒散時光。

沙灘上挖了一個坑，我和釘仔猜拳，決定誰先扔出手上的彈珠。

把彈珠扔進坑裡的人，便率先獲得攻擊權，可以用那顆彈珠去打另一個人的彈珠。只要連續擊中三次，就能夠把對方的彈珠贏過來。

我沿著沙坑的邊緣以拇指作為中心點，撐開手掌，用小拇指畫出最大的半徑。接著把坑裡的彈珠取出，放在小拇指劃出的那道弦月形弧線上，像把一支箭架上弓那樣。

我瞇起一邊眼睛，對準釘仔那顆有著漸層褐色的彈珠，用手掌輕輕往前一撥——兩顆彈珠碰撞的剎那發出細小的聲響……我恍然大悟，原來自己在腦海深處聽見的聲響，便是來自這個時候的碰撞。

第二次也順利擊中。最後一次，我炫技地用沖天炮終結比賽。

「我贏啦。」

我雙手一攤，洋洋得意的模樣應該很欠揍。

朝我走過來的釘仔彎著嘴角，洩氣地垮著雙肩。

「那這顆『木星』我就收下囉——thank you!」

「你真的很煩耶。」

釘仔有九顆漂亮的彈珠，顏色剛好和九大行星相似。

截至目前為止，連同今天的木星，我已經贏到了其中七顆。

還沒收進口袋的，分別是他星座的守護星海王星和我的守護星冥王星。

我暗暗下定決心，要在高三畢業前把他的九大行星全贏過來。

我當然沒有告訴過釘仔自己做的這個決定──被他知道的話，他肯定不會拿出來跟我賭了。

話說回來，我被釘仔糾正過，他說冥王星早就被九大行星除名，降級成了矮行星。但身為我的守護星，我說什麼都不願意接受課本上寫的內容，甚至翻出家裡那套「祖傳」的百科全書為自己背書──釘仔抱著肚子笑，拗不過我的他說好好好九大行星就九大行星……如果你不擔心全世界就只有你搞不清楚狀況的話。

被笑又不會少一塊肉，有什麼好擔心的。

「再來一局啊。」我故作輕鬆說，想打鐵趁熱。「你有帶其他顆彈珠嗎？」

「沒有啦，我不玩了。」

釘仔這句任性的「我不玩了」，像是一道咒語。

我的聯覺，我的通感，忽然被硬生生中斷。

我又回到那條通往游泳池的道路。腳踏車鏈條生鏽的拉扯聲。

「欸，還是我們去打籃球？」

釘仔搖頭。

有那麼一瞬間，我忘了他沒辦法發出聲音。

「釣蝦哩？很久沒去釣蝦了說。」

釘仔還是搖頭。

「好，那就決定去釣蝦了喔！」

我逕自做了決定。

和之前不讓我寫考卷一樣，釘仔冷不防把雙手伸到我面前，遮擋住我的視線。

我蛇行著撞上停在路邊的休旅車——好險車內沒人。

受到震動，車的警報器響起。聲音高頻刺耳，助長了我的怒氣。

「幹！你白痴喔！很危險你知不知道？人家車很貴。」

釘仔跳下車，像隻花栗鼠鼓著臉頰，又一次，比出自由式蛙式還有蝶式的姿勢。

「知道了啦……帶你去游泳就是了。」

聽到我明確的答覆，釘仔愈游愈起勁，甚至拋下我，一個人往前划動雙臂。

像是在陸地上游泳一樣。

一開始還覺得這樣子瞎游的釘仔實在有夠蠢，但他專注認真的神情與極力延展四肢追求標準動作的態度，倏然讓我扎扎實實地感受到水流從肌膚流淌滑過，沁涼得讓毛細孔全擴張開來，鬱積在體內的熱氣頓時消散大半。我再一次想起釘仔教會我的聯覺。

我沒好氣地笑說，「白痴。」

一手牽著腳踏車，一手學著他往外劃開胳膊，撥開看不見的水，抵抗著想像出來的阻力跟了上去。

24

泳池水面如鏡，映照一片雲也沒有的清朗天空，呈現一種異世界般顏色格外濃豔的藍。

耳邊傳來一陣陣清涼的落水聲，逐一跳進水裡的泳客，像是把濃稠油彩一一塗抹開來一樣，奮力地動著四肢往泳道另一端游去。

岸上，日光從前方斜斜照過來，我瞇著眼睛，踩著弓箭步按壓膝蓋熱身。

「你也來游泳。」

雙臂往後拗折，正在拉筋的阿皓學長對我說。

「學長真的很常來游。」

釘仔沒有加入我們的熱身，我一換完泳褲就不見他人影。我看向遮陽棚底下的躺椅，以往來的時候，釘仔都會躺在那裡小睡片刻。但此刻佔據那張躺椅的，是個有著三層肉的中年大叔。幾名看起來和我們年紀相仿的少年嬉鬧著從更衣間出來，沒有熱身的打算，推擠彼此下水餃似的從岸邊隨便撲通下水，無端濺起的水花造成一些泳客的困擾。

應該也不是去上廁所……不吃不喝的釘仔，沒有這種生理需求。

我四處張望，學長轉動手腕和腳踝的同時，順著我的目光看了看周圍。

「你跟朋友一起來？」

「喔、沒有……」

我支吾其詞，收回探詢的視線，左右扳著脖子。在歪斜的視線中，我看見了釘仔。

不知道什麼時候，釘仔已經走到泳道對面的跳水高臺上。那是前幾年改建時新增的國際規格跳水臺，高達三米。

為了使用者的安全，平常通往跳水臺的門都鎖著，也不曉得釘仔是怎麼偷溜進去的。

釘仔臉上浮現淡淡的微笑，筆直地往跳水臺前端走去。他一邊踱步，一邊朝這邊揮了揮手。

來到跳水臺邊緣的釘仔停下腳步，我一度以為微微踮起腳尖、重心看起來有些搖擺的他會索性放棄掙扎縱身一跳。

跳下去就不用這麼努力去維持平衡，就不會跌倒了。

但是沒有。釘仔重新找回穩定度。站定後的他，將小腿輪流往後彎起，手掌牢牢扣住腳踝，上半身發力推挺出去，藉此拉伸大腿前側的肌肉。

置身於遙遠的另一端的釘仔，跟著我和學長熱身。

「應該差不多了……再繼續熱身下去，身體又要冷掉了。」

學長是在說笑話……對吧？

他自己也不是很肯定地抓了抓耳朵。

這樣的阿皓學長，有點天然呆，意外地有點萌。

學長戴上蛙鏡，往泳池方向走去。

不知道阿皓學長的身材什麼時候變得這麼好，印象中以前在游泳池碰到時，他的身形還偏削瘦，而現在，胸肌明顯發達不少，整體看上去雖然沒有哥那麼厚實，但已經能以精壯形容。

學長的自由式游得很優雅，奇妙的是速度並沒有因此減慢，轉眼間游過了中線。

我游了幾輪，自由式、蛙式都游了——跳水臺上的釘仔要我加碼蝶式。

拗不過他，可是又覺得蝶式太炫技，怕引人注意，於是只配合地游了一小段。

釘仔看起來不大滿意，對我比了個倒讚，甚至還嘟起嘴發出無聲的噓聲。

我雙手一攤，朝他做了個很醜的鬼臉。

「欸！賴健祐！」

在游泳池的緣故，學長用比平常更大的音量高聲喊我。

「學長——」在水裡的我用雙腳踩水轉身。

學長將頭保持在水面上，用抬頭蛙朝我游近。

「我看你蛙式自由式連蝶式都游了，那仰式哩？不游一下湊齊？」

學長咧開爽朗的笑容說。

我把有著紫色鏡片的蛙鏡拉上去，注視著學長乾淨的雙眼說，「喔……我剛好不會仰式。」

「你不會仰式？那剛好，我會……要我教你嗎？不勉強。」

「學長要教當然好啊——不會勉強。」我開玩笑地朝學長撥了一下水。

和剛剛的慣性截然不同，我仰躺在巨大的水面上，正好和高高蹲在上方跳水臺的釘仔四目相交。

然而，一旦背部朝地，一種不踏實感油然而生，我就會渾身肌肉緊繃，怎麼也浮不起來。

我不斷嘗試，又不斷往下沉，一連吃好幾口水。

在某次狼狽起身後，臉龐掛滿豆大水珠的我忿忿扯開蛙鏡，抬眼望向釘仔。

他一臉準備看我笑話的臉——我一點都不感到意外。

「難怪學長上次請我喝飲料，說你在裡面喝飽了。」

我等不及再嘗試一次，還沒調整好氣息，隨即往後一倒。

「我不是這樣子喝的好嗎？」

阿皓學長及時伸手從下方托住我。

感受到他手掌的熱度，我弦一般繃緊的身體好像開始知道該怎麼樣放鬆了。

「你先不要急，調整好節奏再開始。」學長朝我彈了彈響指，「嘿，你在看哪裡？先看我這邊一下。你不夠專心，難怪一直學不起來。」

「最好是……我有在看，啊我就浮不起來咩。」

心虛時，我講話會變得特別大聲、特別沒禮貌。

「那我們再試一次。你要吸氣，吸大口一點，對，吸——再大口一點，然後盡量把氣集中在肺部，想像把氣慢慢灌進氣球……」

但學長沒有被浮躁的我影響，他語氣溫緩，耐心引領著我。

在學長的引導之下，我放慢節奏，全神貫注在自己的呼吸上。

天空變成淡淡的紫色。

吸，吐。

吸。

吐。

纖細的雲絲是更淺的紫色像紫色的羽毛。

再吸。

然後再吐。

我發現自己似乎很長一段時間沒有感受到這樣的平靜。

當我回過神來，阿皓學長在不遠處漂浮著，彎著嘴角笑。

原來，不知何時，阿皓學長已經收回了支撐住我背部的手。

我成功了——我靠著自己的力量漂浮起來了。

成功後第一件事，是跟釘仔炫耀。

我匆匆把頭往上抬，高高的跳水臺上，空蕩蕩的。

我摘下蛙鏡用力抹一把臉，確認——釘仔真的不在跳水臺上了。

「怎麼了嗎？你一直在看那邊，那邊有什麼嗎？」

阿皓學長快速游到我身邊，跟著仰起頭，他跟我一樣都沒看見釘仔。

「等我一下。」

「喔，好啊，我們休息一下。」

不等學長回應，我往池畔游去，七手八腳爬上岸，脫掉泳帽，四處尋找釘仔。

躺椅、更衣間、茶水間、甚至是廁所，我全都確認了一遍。

游泳池再大，也不過就這幾個空間，他到底跑去哪裡——

這個發自內心深處的提問，頓時讓我產生莫大的恐懼。

我想起了那個下午。

自己騎著腳踏車到處尋找釘仔的那個下午。

然後是深夜。哥來到我的房間告訴我釘仔失蹤。

遍尋不著的我最終來到防波堤看見整齊擺在消波塊上的球鞋。

球鞋裡塞著襪子，像是我們在祕密基地玩的時候，也會這樣把鞋擺在漂流木前。

突如其來的騷動聲打斷我的思緒。

我往池邊看過去，一群人圍在一起，叫叫嚷嚷。

好像有誰出了意外。

黑壓壓的人群，讓我的心跳不由自主地加速。

我覺得頭昏眼花，甚至有一股噁心反胃想吐的衝動。

我想強行抑制住自己身上所有負面的反應還有想法，但是非常困難，我只能勉強維持著最基本的平衡，盡力去習慣劇烈搖晃我整個視野的種種內在衝擊，出於僅存的本能朝眾人聚集的方向踉蹌跑去。我把自己的身子擠進人海，用肩膀粗魯地擋開那些無關緊要的人。

穿梭過那些身影交錯，首先映入眼簾的，是一雙膚色白皙、小腿有著稀疏毛髮的腿。

一雙少年的腿。

我再往前移動，已經來到了救生員的背後。跪在地上的救生員正在進行急救。

這時候我猶豫了。

我慢慢伸長脖子，越過救生員寬闊烏亮的肩膀往地板看。

不是釘仔。躺在地板上的，確實是一名少年，但不是釘仔。

圍繞在少年身側的是他那群年齡相近的朋友。他們擔心地一直想靠近——

「退後一點好不好！你們離這麼近他要怎麼呼吸？」

覺得這個人說得很有道理，但我愣住。慢半拍才發現是自己的聲音。

還沒有完全釐清自己到底發生了什麼事，我緩緩轉過身，從人群讓出的曲折小徑走出。

一道人影往我的方向走來，我調整焦距失準的視野，是學長，把泳帽脫掉的他頭髮翹得亂七八糟。

學長沒有一如往常放聲喊出我的名字，而是等到拉近我們彼此的距離後才出聲，「你怎麼了嗎？我剛剛一直在找你。」

「沒怎樣啊……剛那邊好像有人溺水，應該是沒熱身所以抽筋……」我心不在焉、身體因為冷而發顫，邊喃喃地說，「我剛過去看一下、我還以為是釘仔。」

聽完我說的話，阿皓學長哭喪著臉，我第一次在他臉上看到這麼哀傷的表情。

那並不是純粹的哀傷，我感覺到當中混雜著憐憫、擔憂、困惑還是焦慮，十分混亂的一種攪和在一起的感覺。最後融合，沉澱為近乎平靜無波的直視，學長直視著我，好像我說了什麼奇怪的話讓他不曉得該如何回應。

於是，我便也同樣的直視回望阿皓學長。

再這樣僵持下去也不是辦法。我想打破沉默，想問學長為什麼這樣看著自己？為什麼都不說話？可是不知道為什麼，才剛開口，還來不及把經過身體吐納的空氣化作聲音，下一個瞬間，我哭出來。

沒有聲音地。淚水從眼眶大顆大顆地滑出來，我反射性低下臉，滴滴答答扎在地上。

跟剛剛在人群裡脫口說出的話一樣，我慢了幾秒鐘才意識到這是自己的眼淚。

我匆匆把蛙鏡戴回去，以為可以藏住眼淚和充血通紅的眼睛。

也太尷尬。我是在哭嗎？哭屁喔哭。

我嘲笑自己。我轉身躲開阿皓學長的視線，用手背擦掉吸不回去的鼻水。

盡可能保持穩定的速度，腳踩在被陽光晒得暖烘烘的地板上，筆直地往前走去。

25

在游泳池大門遇見阿皓學長，他居然還沒走。後頸掛著毛巾的學長正在喝飲料。

我知道自己眼睛還紅著。

「才游一下就得結膜炎，我要回去傳染給我哥。」

我開著無聊的玩笑。

「好啊，都傳染給他。」學長笑得爽朗。他把喝完的飲料罐扔進自動販賣機旁的資源回收桶，「先走囉。」

「學長掰掰。」

阿皓學長舉手示意，拎著帆布袋的他打算徒步回家。

我解開腳踏車的鎖，站起身來，方才不見蹤影的釘仔，突然出現了。

他一臉愧疚心虛的模樣，跨坐在我腳踏車的後座，腿岔得開開的，想裝無辜。

我們對看好一陣，釘仔終於憋忍不住笑意，嘴角逐漸失守，而我仍然表情嚴肅像是想把他的臉看穿一樣使勁盯著——

我冷不防撿起石頭扔釘仔，被他躲開。他跳下車，石頭砸中腳踏車，聲音相當清亮。

「靠！壞掉你賠。」

我來到車邊蹲著，寶貝地擦了擦腳踏車。當然是裝的，這臺腳踏車從國一騎到現在早就鏽跡斑斑，還有幾處清晰可見的灰白色刮痕。

釘仔對我做了一個很醜的鬼臉，用自由式從我面前游開。

我牽著車，單手外划畫圈，用蛙式追上去，脖子還配合著一伸一縮認真換著氣。

「欸，我今天最後有學會仰式喔，你有沒有看到？」

被其他人看到我和釘仔在陸地上游泳，大概會以為我們兩個腦袋有問題。

我把釘仔今天在游泳池無故消失的事LINE給曾侑欣，有點打小報告的意味。

是喔，那你後來怎麼找到他的？

曾侑欣回傳。

後來我要走的時候他才出現。莫名其妙消失，然後又忽然出現。

我邊打字邊無奈地牽動了一下唇角。

他不見的時候……你應該嚇了很大一跳吧？

無預警地，曾侑欣說出我的心聲。

我的心跳立刻加快，當時那份焦急——或者說脆弱霎時被召喚回來。

算是吧，沒說一聲就不見，誰都會嚇到。而且很沒有禮貌。

曾侑欣傳了大笑的貼圖。

妳是不是想說什麼？

聊天室很久都沒有新的訊息，於是我問。

你怎麼知道？

她很快回傳。

想說妳一直沒回話。

我說。

有可能只是我打字很慢。

我傳了一個大笑的貼圖。

你真的很白目。

我再傳一個大笑的貼圖。然後，傳了這句——

妳如果真的打字不快，那就慢慢打，我又不會催妳。

我把手機放在胸口，雙手在床上攤開躺成大字形。

可能是今天一大早就出門，釘仔這時趴在書桌上睡著稍遲的午覺。

胸前傳來震動。

我拿起手機。

我剛剛是在想……陳智邦他有沒有可能，是趁你不注意的時候偷偷跑回他自己的家？

曾侑欣的猜測不無道理。我陷入思索。

感覺想說些什麼，可是指尖在虛擬鍵盤游移半天，又遲遲沒辦法把內心想說的話順利組織起來。

因為如果是我，一定會想回去看一下。

曾侑欣補充著自己的想法。這傢伙打字根本超快。

那為什麼只是回去看一下而已？妳就直接住下去不就好了？反正那是自己的家。

我終於能順暢表達出自已的想法。

我會擔心。

曾侑欣說。

蛤？有什麼好擔心的？

我不解。甚至真的對著空氣「蛤」了一聲。

釘仔沒有絲毫動靜。

睡得也太沉——拜託，游泳游一整個早上的人可是我耶。

手機再度震動。曾侑欣的訊息讓我的眼睛霎時一熱。但背脊卻又發涼。

我擔心如果待太久的話，會不會被他們看到。

這裡的「他們」，指的是「家人」。

這一題，我思考了好久好久。

為什麼會擔心被家人看到……是擔心被看到的話，就再也走不了了嗎？

所以他是因為被我看見了，才會不得不一直跟著自己嗎？

最後我回訊：

他們是不是已經沒有在找他了？

我等待著她的回應。可是始終沒有等到。

26

我撐著臉頰看著盯著黑板發呆的釘仔。

平常上課明明沒有這麼認真，現在是在裝什麼乖學生。

老師又看不到。

我不知道為什麼今天自己對他這麼壞。

釘仔的桌椅底下，零散掉落幾枚紙鶴。

其中幾枚被踩扁，上頭留有明顯的灰白色鞋印。

想回去幹麼不直接說？

是怎樣，是怕我不讓你回去喔？

以為自己這麼夯喔——

原來我是在氣這個。

理解自己的那一剎那，我內心爆發出一股前所未有的嶄新感受。

我的目光依然停留在釘仔的側臉，我的手掌慢慢從臉頰鬆開。

「賴健祐。」

有人喊我。

「賴健祐——」釘仔身後的曾侑欣用氣音喊我。

「喔！」

當釘仔別過頭，終於注視著我的時候，我這才反應過來。

原來剛剛點名自己的人是數學老師。

「你上來解這題。」

我拖拖拉拉上臺，捏起粉筆，看著眼前的方程式。

喀、喀、喀、喀……我反覆用粉筆戳著黑板。

黑板上留下無數道雨點般小小的、凌亂的白色痕跡。

他又消失了。

放學牽腳踏車。停車棚、升旗臺、福利社、籃球場、校門口……在每個我們曾駐足過的定點等一輪，左等右等等不到釘仔。

難不成他真的偷偷跑回去了嗎？

想回去又沒關係，幹麼不跟我說一聲。

「無聊。」

我對著空氣罵。踩上腳踏車離開學校。

騎著騎著，每踩一次，腳踏板被我踩得更重。

我像是在和地球鬧脾氣，而介在我們之間的這個交通工具成為了無辜的受害者。

我愈想愈不甘心。

想說什麼就說啊，我們一天到晚黏在一起，為什麼什麼都不說？

想來就來想走就走，把我家當汽車旅館是不是！

還免錢——這當然不是重點，但我現在就是在氣頭上，就是要口不擇言。

決定去抓包。

看我把他逮個正著，看他有什麼話好說。

光是這麼想著，我的心情已然變得舒爽，我調轉車頭，輕快地踩了起來，感覺連身後順勢的海風都在幫自己加一把勁。

急事緩辦，讓我先冷靜一下。

不免俗地，我拐進那條去釘仔家前必然停留的僻靜窄巷，點起菸，可是已經不全然是為了過過菸癮而已。

你是不是在拖延什麼？

忽然，我聽見釘仔的聲音。

但老實說，我不確定自己究竟是聽見他的聲音，抑或是自己在腦海中看見了他對自己比的手語。這一切發生得太快了，所有細節一氣呵成，讓我無從分辨，只能以一種「感覺」去綜合性地被動接收。

我想起釘仔說過的一則趣聞。

那是國三畢業旅行，學校安排臺北三天兩夜之旅。其中一天的行程，是遊覽故宮。

我對那些東西沒有興趣，邊吹冷氣邊滑手機。

「欸！賴健祐！」

釘仔拍我肩膀。

「幹麼？」

我沒抬頭，敷衍地問。

「你等一下聽聽看我在說什麼。」

「什麼意思？」

只見釘仔轉眼間跑遠，跑到展覽室的某一個角落。過一會兒，又跑了回來。

「你有聽到嗎？」

釘仔神情雀躍，像是把球叼回來的小狗。

「聽到什麼？」

「聽到我剛剛說的話啊。」

我皺起眉頭，「你剛有說話？你不是一個人站在那邊？是在跟誰說話？」

「跟你啊。」

「白痴喔，你在那邊說話，我最好是聽得到。」

「是喔，那我再試看看那邊——」

也不向我解釋，他兀自說著再度跑開。這一回，跑到了一幅字畫前。

釘仔動了動嘴唇，歪著頭往這邊看過來。他一臉興奮跑向我。

「怎麼樣？」

「什麼怎麼樣？」

「你這次有聽到嗎？」

「廢話，我當然聽不到！」我一時間提高音量，眾人投以異樣的眼光。有夠衰，老師剛好經過提醒我們注意音量，不要丟學校的臉。都是你害的啦！在說什麼幹話。我瞪著他，壓低聲音說，「你到底在說什麼鬼……你站這麼遠，我最好是聽得到你說什麼。」

「是喔……好可惜……真的不行喔？」

欸？

原來，釘仔不是在惡作劇也不是在耍白痴，他是帶著某種實驗精神在做這件事。察覺到這件事，我突然產生了興趣。我把手機塞進口袋。

「所以你到底在試什麼？」

「你知道美國自然史博物館嗎？」他無厘頭一問。

「不知道。」我秒答。明確搖頭。

「我想也是。」

「靠北喔。」

「美國自然史博物館有一條走廊，叫作『耳語廊』，據說因為這棟建築物當初在結構設計上，運用了一些聲學特性……能夠讓人只要站在某個特定的位置──即便是身處在周遭洶湧的觀光客中輕聲細語，站在遙遠另一端的人，也還是得以清晰聽到那個人說的每一字每一句。」

那個下午，我和釘仔跑遍了整個故宮，在巨大的展廳之間奔忙得汗流浹背，想試著找出這個地方是不是也存在著一個能接收到遙遠聲音的神祕位置。

我站在釘仔家前偶爾會晾晒菜乾的水泥地，仰頭望著二樓釘仔房間的窗戶。眼神專注，彷彿想用超能力打開那扇窗。

怎麼可能打得開。我對自己冷笑。

我唯一的超能力就是讓釘仔出現在自己面前。

可是就連這項能力，最近也開始不管用了。

從哪裡開始故障、發生問題的？

我慢慢意識到自己即將面臨更多不得不的失靈——物質的……非物質的。

我往前移動，猛然回神已經來到了大門前。

按下電鈴。

是門太厚隔音太好？

沒聽見聲音。我又按一次。

我湊耳貼上門，按，還是沒有聲音。

「那個早就壞了。」

屋內安安靜靜，倒是身後傳來了聲音。

是釘仔姊，她一手提著便利商店的塑膠袋，另一手用手肘頂開我，像伸出一把匕首那樣插入鑰匙。

一瞬間感覺到痛。

踏進釘仔家的那一刻，我驚愕地發現一件事，那就是自己從來沒有踏進過他家。

我甚至連他家需不需要脫鞋都不知道。

每次來找他，總是在外頭扯著嗓子朝二樓喊。

穿過有股厚厚潮溼味的客廳，我爬上狹窄的樓梯。

一來到二樓，我就看見了他。

釘仔果然在這裡。

原本面對著一扇門罰站的他，感應到我的存在，慢條斯理地別過頭，凝望著站在樓梯口的我。

釘仔守著的那個房間，就是他的房間吧。

我來到他面前，他杵著不動，絲毫沒有讓開的打算。

你讓我來到這裡，卻又不讓我進去，是什麼意思？

釘仔雙手放在大腿兩側。一副拒絕回應我的樣子。

「我們認識這麼久……我都還沒進過你房間。」

我對他撒嬌。

釘仔眉尾下垂，拿我沒轍的他往後退開一步。

我握住門把，把門推開，隨著逐漸敞開的門縫，房內沉滯的空氣瀰漫到走道上，一時間難以呼吸，我憋氣憋了幾秒鐘才終於習慣。

這個房間並不寬敞，採光也不佳。還堆滿東西，讓人聯想到倉庫。

這真的是你的房間嗎？我差點就要這麼問釘仔。

幸好我沒有。

「好暗喔，我開一下燈喔。」

按開關，沒反應。原來，不只大門電鈴，連這裡的燈都是壞的。

聽到從外頭傳來的關門聲，我從房內探出上半身，往走道彼端的房間看過去。

懷裡抱著一堆衣服的釘仔媽站在那裡，看著我。

頭髮花白的她看起來很是疲憊。

剎那間，她那灰燼色般的雙眼閃現光芒，但很快又熄滅。

我猜想或許是因為自己身上的這身制服，加上屋內光線黯淡，讓她一時迷茫誤以為我是釘仔。

釘仔媽收起驚訝的神情，轉身下樓。我聽見她嘴裡喃喃有詞。

然後，從樓下傳來釘仔爸大聲咆哮的聲音——釘仔全家都到齊了。

架沒有吵起來，爭執最後結束在洗衣間鐵門用力關上的巨響。

聲響碰撞的同時，我和釘仔都顫抖了一下。

屋子恢復原先的死寂。

我側躺著，蜷縮在釘仔的床上，從黃昏待到入夜。

這段時間，只有釘仔和自己靜默對望。他發亮的眼睛在等我說話。

可是我說不出話。想像著釘仔在這樣的家度過的無數個夜晚，我感覺內臟在互相扭打。

窗外街道路燈亮起，釘仔的臉龐清晰了一半。

不知道是為了看清楚我的臉，還是想逗我笑，釘仔爬上自己的書桌，和我一樣側躺蜷縮起身子。

躺下來的釘仔，用手掌輕輕墊著自己的臉頰。寬鬆的T恤領口往下滑落，露出他一邊的鎖骨。

在我們眼中的彼此，眉毛對眉毛，眼睛對眼睛，鼻子對鼻子，嘴巴對嘴巴。

「以後就不回來囉。」

我說。

他收了收下巴點頭。

27

日子又回到跟之前一樣。

我和釘仔一起睡覺，一起起床，一起上學。

我要當他新的家人。唯一的家人。

但我有時候會忘記其他人看不見他。不過無所謂，就像我們並不會把自己的家人介紹給每一位同學認識。

儘管偶爾會帶來些小麻煩——

例如邊騎腳踏車邊和後座的釘仔練痟話，叼在嘴上的吐司不小心掉在地上，我大聲罵幹！剛好從旁邊經過的同學以為我在罵他，差點嚇到翻車。

或是午餐時間和釘仔併桌吃飯，一起看 YouTuber 拍的搞笑影片邊吐槽，笑太誇張被一些同學嘲笑腦袋有問題。

還有上課互做鬼臉朝釘仔扔橡皮擦和衛生紙團，玩得太投入，忍不住伸腳往他的椅子一踹——椅子輕易倒下發出巨響。

「操。」

我忘記釘仔現在有夠輕。

教室所有人都在看我。包括倒坐在牆邊笑得樂不可支的釘仔。

曾侑欣匆匆起身幫忙扶起椅子，順手從地上撈起幾隻塌扁狼狽的紙鶴放回桌上。

更值得讓人翻白眼的是——

他居然害我必須到輔導室接受心理諮商。

從走廊透過窗玻璃看進去，老師不在。

你看大家都走了，你害我們要留下來。

我對釘仔比。

放學鐘一打，學生散得飛快，平時鬧哄哄的校園，如今一點躁動也沒有，只有從球場方向傳來隱隱約約的運球和吆喝聲。

你也可以走啊。想走就走。

我翻了個白眼。

你當然好囉！你又沒差，我今天要是直接走了，還是會被再叫回來。更煩。

「賴同學嗎？」

蓄著一頭俐落短髮的輔導老師從背後輕聲叫喚。

「喔——」我匆匆轉過身，「老師好……」

老師來是不會說一下喔！我扭頭對釘仔皺了皺鼻子，他一定讀得懂我的抱怨。

但他故意裝傻，甚至搶先我一步跟在輔導老師屁股後面進了輔導室。

果然是跟屁蟲。

欸，要跟就跟我。

輔導老師沒有選擇寬敞的辦公桌，我們在白鐵書櫃前的一張小圓桌對坐。

對面的輔導老師臉上掛著和藹的表情。她為我倒了一杯溫開水。

雖然我不喜歡喝熱的，可是溫的更令人厭惡。

不上不下的溫度含在嘴裡，難以說明，就是有一種不自然、人造的噁心感。

那是因為溫水接近人的體溫——

坐在輔導老師身後那張皮革辦公椅裡的釘仔這樣比著。

「啊，還是你比較想喝飲料？」

她走向辦公桌，從堆在旁邊的紙箱扳出一瓶飲料。

「老師這邊有保久乳，巧克力口味的喔。老師偶爾會用這個來補充一下血糖。」

輔導老師說得輕巧，將保久乳放在我面前，坐下時侷促地撩了一下頭髮。也許是最近剛剪的髮型，還不大習慣。

「有什麼事情想跟老師說說看嗎？」

「沒有。」

這個問題有夠莫名其妙。

我是被叫來的，怎麼會問我有什麼想跟她說的事？

「最近有沒有遇到什麼有趣的事？學校家裡都可以……可以跟老師分享看看。」

「沒有，都差不多。」

「所以……最近感覺都跟以前差不多？」

「差不多。」

「那……這段時間會不會覺得比較容易疲累？怎麼睡都睡不飽……還是說在該休息的時候，精神卻突然變得非常亢奮，例如晚上躺在床上翻來覆去就是睡不著。」

我一直都覺得很累好嗎？尤其是上課的時候。

釘仔不要來惹我的話，我都可以一覺到天亮。

「都差不多。」

最後，我把這些想法濃縮成這一句話。

我不相信大人的耐心。

「不好意思，賴同學……老師覺得你好像有點不是很專心……可以告訴老師你現在在想些什麼嗎？什麼都可以。」

我想扁他。

我的視線定在躡手躡腳躲到輔導老師身後，帶著捉弄心態，不時探出頭來對我眨眼的釘仔。

不過，我知道不可以這麼說。要不然就沒辦法早點離開這裡了。

於是，和釘仔大眼瞪小眼的我，漸漸平靜下來。緩緩放鬆不知何時聳到脖頸的雙肩。

我把目光移回到輔導老師身上。

「這個我可以拿走嗎？」

我看向桌面上的保久乳。

28

我吸著保久乳，沒吸幾口就空了。

我反覆咬著吸管。

釘仔的視力很好，每次在外面吃飯，我總會把菜單拿得很遠，考他這家餐廳有哪幾道料理……不過也因為這樣，我常常撞到身後別桌客人。到現在沒被揍過真的是奇蹟。

釘仔是二月生日的雙魚座，守護星是遙遠的海王星，每次做什麼事若是不找他、讓他落單，他就會故意冷戰，然後氣消後正經八百地警告我說：賴健祐，請你記住，雙魚座不能接受孤獨。

釘仔學過幾個月的大提琴，他說再給自己多學幾年，肯定能跟音樂班的那些同學一起合奏……但他根本連唱歌都五音不全，我嚴重懷疑他說學過幾個月事實上只有幾個禮拜。

還有，釘仔認為番茄不是水果而是蔬菜，但他討厭番茄的原因不是因為番茄是蔬菜，而是番茄有一種很「生」的味道。至於釘仔有多討厭那股生味？我問他，如果你未來的女朋友剛剛才吃過番茄，你願意親她嗎？釘仔回答——絕對不會。

我暗暗想著這些，稍稍側過臉瞄向身後的釘仔，盡情展開雙臂的他像是在炫耀自己的四肢有多麼修長。

我還知道……雖然釘仔嘴巴上說不在意額頭上的那道小疤痕，可是每當考試遇到難題時，他都會下意識摸著那道疤。這是連他自己也沒有發現的小小習慣。

如果我在輔導室待得更久一點，或許我會想跟輔導老師說這些事。

如果我跟某個人待得更久一點，或許我會想跟那個人分享這些事。

「賴健祐——」

我放慢車速。

阿皓學長追了上來。

「要不要一起去吃剉冰？一樣我請客。」學長意氣風發說著。

我大力吸了幾口早就空空如也的保久乳，把鋁箔包捏扁扔進路邊人家的圍籬。

學長輕聲驚呼，接著抿嘴偷笑著。

「我想試試看別的——但一樣學長請客。」

「好啊……我想一下，喝咖啡怎麼樣？」

「好啊。」

我提高說話的音調，試著模仿學長的神情。

我跟著阿皓學長來到一間隱身於巷弄裡的家庭式咖啡店。

學長選了一個靠窗的座位，說是他的老座位。店員只給了我們一本菜單，相對而坐的我和學長各自攀住半邊桌面往彼此貼近一起瀏覽。

釘仔難得沒有跟進來，他坐在靠放窗外的長木椅上。我們還是坐在彼此隔壁，只不過中間隔了一面玻璃。

「義式濃縮很小杯，袂和，不划算。卡布跟拿鐵都有加牛奶，但是卡布只有熱的，會把牛奶打成奶泡，然後倒在最上面讓你入口時有一種很綿密的口感……拿鐵就是直接把牛奶加進去這樣。」

學長講「袂和」時的發音很可愛，有種外國人說中文的微妙腔調。

「喔，那這個是什麼？」我翻開另一頁。

「單品咖啡……這是用手沖的，主要是使用的咖啡豆會分很多產地，烘焙的方式和深淺也不同，有分成水洗或日晒的……你就把它想成是黑咖啡，然後還有——」

「黑咖啡喔，那我不要。」

一聽到黑咖啡，我立刻打斷學長的話。

學長笑了笑，「那你有想喝什麼嗎？」

「嗯……有沒有比較甜一點的？」

「你喜歡甜一點的喔……那可能就是漂浮冰咖啡或是摩卡，應該都滿適合你的。」

「那這個維也納呢？我看圖片上面有鮮奶油。」

「鮮奶油是甜的沒錯，不過下面是義式濃縮，就會顯得特別苦。」

「那我不要——我要你剛剛說的這個。」我比著摩卡。

「ＯＫ。」學長向店員招手。

店員點完餐後離開。畢竟是平日，店內只有我們這一桌客人。背景是優雅的古典樂。咖啡機運作的聲音充斥整個空間，濃郁的咖啡香氣隨之瀰漫開來。有一種木質調性的安心感。

「學長今天沒跟哥一起走？」

「他留下來跟達達他們打球。」

「學長不喜歡打籃球？」

「不喜歡那種有肢體碰撞的運動。」

「我懂。我其實也覺得碰到別人流汗的身體有點不舒服。」

「那你當初怎麼會開始打籃球？我好像有看過你跟你朋友中午在球場打球。」

「就小時候會跟哥打，比誰進的球多。羽毛球也是這樣……也是哥先開始打，我才會開始打。」

「我記得他羽球很強，國中放學常跑去打。」

「哥他國中是羽球社社長。」

「還連任好幾次。」

「不意外吧。」

「真的，天生領袖命，感覺好累。」學長刻意酸了一下哥，看我一眼，我們同時默契笑出。學長接著又說，「所以你那時候也有參加羽球社？」

「有啊。參加過一學期，之後沒抽中。羽球社很熱門。」我說。「學長那時候是參加電影欣賞社？」

「對，非常理想的社團，老師如果播放的是自己沒興趣的電影，可以自修或是補眠……我有點好奇，你們兩個——你跟你哥，誰羽球比較厲害？」

「不知道。有一起組隊打過雙打，可是沒有真正在正式比賽中對打過。但我想應該是我哥比較強。」

「那你高中怎麼沒有跟你哥一起來手語社？」

「我也不知道。就沒有想要進去。」提到手語社，我順勢把話題帶過去。我一直很在意哥和小涓老師的關係。「小涓老師在手語社會很嚴格嗎？」

阿皓學長邊喝水，邊搖了搖頭，「不會啊，她在你們班上很凶？」

「感覺跟在手語社不一樣。」

阿皓學長笑出來。

「那是因為你們班太吵！」

「最好是！」

我猶豫著該不該直球對決，提起哥跟小涓老師交往的事——

那天晚上，學長真的沒有看到他們一起來看電影嗎？

「不知道為什麼哥會想學手語……他以前都是參加體育類的社團。」

「我也不知道。」學長似乎對這個話題不感興趣，視線飄往窗外。

有那麼一瞬間，我還以為他的目光停留在釘仔的背影上。我以為學長跟自己一樣看到了他。

「我也帶釘仔來過這間店。」

但學長的語氣讓我知道釘仔並不在他的視線之中。

我提起釘仔時，不曾用過這樣的語氣。

29

翻來覆去睡不著。

都是輔導老師害的，跟我說那些有的沒的。

我掀開棉被，坐到床沿。

一抬眼就正對著釘仔的睡臉。釘仔睡在我的書桌上。側身團著身體，為自己營造出安全感。

從他家回來那天開始，他不睡床也不睡地板，每晚總佔據我的書桌，害我每天睡前都得把桌上的書本文具通通撥到地上。地上狼藉一片，有時候半夜起床上廁所，還會不小心踩到原子筆或是立可帶……這都還算好的，踩到圓規那才叫慘。

睡不著，乾脆通宵玩手遊算了。

打定主意，我下樓來到廚房。

翻箱倒櫃，不用提心吊膽特意放輕動作，爸媽一沾到枕頭就會立刻進入深層睡眠，至於哥只要沒有準備重要考試，十二點以前便會就寢。

「奇怪了……我記得三阿姨之前有送過一大袋……媽不是通常會收在這裡嗎……還是喝完了？應該不會這麼快——」

找到了。

我從櫥櫃裡提出一大袋三合一即溶咖啡。三阿姨有個外甥女在食品工廠工作，能以逼近成本價的超優惠價格直接購買。去年中秋三阿姨來我們家拜訪，一口氣送了兩大袋，到現在還沒喝完。

儘管沒有黏貼任何食用標籤、甚至連有限期限都找不到，無論品質或是價錢都和現磨的咖啡豆相差甚遠，但畢竟都叫咖啡，多少有點作用才對。

說起來還真有些矛盾，明明已經睡不著了，現在卻又得為了熬夜補充咖啡因。

那到底是想睡還是不想睡？

我邊在內心嘀咕邊往杯架走去。

懶得泡，正確來說是懶得洗杯子……我是那種用完杯子不喜歡立刻清洗的類型，不是不願意洗——我是懶，但沒有懶到這種程度，而是「一用完杯子立刻去洗」這件事，會讓我覺得自己好像是為了洗杯子而喝東西，有一種本末倒置的徒勞感，讓我失去喝東西時的放鬆與愉悅，在開始享用飲料之前就先感覺累了。

索性撕開包裝，把咖啡粉直接往嘴裡倒——接著灌一大口水。

跟吃藥沒兩樣。忽然想起以前吃中藥粉的時候，藥粉太大包的話還會不小心嗆到。

喉間哽出輕微笑聲的同時，還沒溶進水裡的粉末被吸到喉頭和鼻腔，我瞬間用力咳了幾下。

狠下心，一鼓作氣咳得再用力一點，咳嗽很快便獲得緩解。

我舔了舔還沾著三合一即溶咖啡粉的嘴角。關上廚房的燈。

回到房間，令人感到意外的是，釘仔醒了。

彷彿他趁著自己上樓之際偷偷移動到廚房，也喝了包咖啡。

坐在書桌上的他精神奕奕地盯著剛進門的我。

剛好，我有事想問他。我已經在腦中想了一整個晚上。

我坐回床上，撐著床墊微微往後仰，雙腳向前交叉，盡可能展現出輕鬆的姿態。

「你跟學長去喝過咖啡喔。」

我說得輕巧。

釘仔看著我，沒有回應。

「你為什麼沒有跟我說過？」

釘仔看著我，沒有回應。

「你們什麼時候去的？為什麼我不知道？是社團活動結束後去的嗎？」

釘仔看著我，沒有回應。

「你們多久去一次？都聊些什麼？」

釘仔看著我，沒有回應。

砰！一點預兆也沒有，我甚至後知後覺，發現自己把釘仔面前的椅子一腳踹倒。

釘仔沒有被我嚇到——反倒是我不曉得自己在生什麼氣。

他看了看倒下的椅子，揚起視線直直注視著我。

良久，釘仔有了動作，他將雙手緩緩舉到半空中，停在胸口前，像是想把藏在身體裡的話掏出來似的，深切地比著手語，問我：

你為什麼要對我這麼凶？

「我沒有在凶你……」我咕噥著扶起椅子。有點不知所措地說，「我只是覺得……你好像是故意不讓我知道你跟學長這麼熟。」

這件事會讓你難過嗎？

「一點點……但我不是因為沒有參與到所以才這樣，我是想知道你為什麼不跟我說？」

你什麼事都有跟我說嗎？

「廢話，當然有啊。我們不是最要好的朋友嗎？我當然都有跟你說……不然你還想知道什麼？你問啊，我會全都告訴你。」

你說你把自己的一切都告訴了我，但是我卻沒有因為這樣覺得更了解你。我反而更感到困惑了。

「有什麼好困惑的？」

我會想，這樣的你，就是全部的你嗎？還是說，你只是跟著大家一起上課、一起生活、一起玩樂，從來都沒有想過「當你自己只有你自己」的時刻，你會如何自處。那個你，是我不會知道的你，但就是因為這個「不知道」，你最終會更喜歡你自己。

「『不知道』不是不好嗎？老師最討厭我們回答不知道。」

不要討厭、也不要害怕「不知道」，最重要的是，不要放棄「去試著知道不知道」，就像你現在對我做的這樣。你追問著「關於我」的所有不知道，讓我了解到即使當自己只有自己的時刻，逐漸佔據了生命中絕大多數時刻，也依然有著終有一天會被理解的可能。

我們需要這個可能。

我消化著釘仔所說的話，手自然而然動了起來：

你的意思是，到最後有沒有真的知道並不重要……只要有「去試著知道」就可以了？

釘仔說：

我覺得那是最美好的狀態。

面對自己愈久、和自己相處愈久……就會出現愈多關於自己的「不知道」，想想就覺得有點刺激。

謝謝你，我的輔導小老師。

我說。

你很煩欸！

覺得我在揶揄他，釘仔噘起嘴。

直到剛剛那一秒鐘，我才意識到自己很少跟釘仔說謝謝。

欸欸——釘仔往空氣裡擺了擺手掌叫我，既然我們都睡不著的話，去海邊看流星好不好？

30

海浪湧動的聲音比白天清楚，近在耳側，彷彿沿著耳廓的形狀一圈圈往裡面流。沒有在這個時間點來過這裡。凌晨時分的祕密基地，特別有一種遺世獨立的孤寂感，感覺像是飄浮在宇宙間的另一個星球。

我和釘仔並肩躺在沙灘上，忍不住噗哧笑了出來，不是故意的。

今天的夜空黑沉沉的，鋪滿了厚重雲層，不要說流星了，不管是朦朧月暈或是半點星光都看不到。

像是知道我在笑什麼，釘仔也跟著笑，肩膀胸膛上下抽動。是有這麼好笑就是了。我凝視著他上揚的唇角。

看來今天是看不到流星了。

釘仔把臉稍微偏向我，比完這句話的他，皺了一下眼角。

「也太好笑，流星本來就不是想看就能看到的吧，我看新聞也沒說最近有流星雨。」

我滑起手機搜尋關鍵詞。

他好像覺得螢幕光亮過於刺眼，頭往另一邊歪過去。

我把手機塞回口袋。

釘仔坐了起來。

我們回去吧。要不然就太晚了。

「現在這時間，是該說太晚，還是太早。」我跟著坐起身來，「比起天黑，現在離天亮比較近。」

釘仔站起來，眼看著要轉過身去。

「等一下啦，你今天這麼急幹麼——」

我拍了拍身上的沙子追上去。

以前每次來祕密基地，總是他捨不得走，現在是怎樣。

我加快腳步，超越釘仔，匆匆繞到他面前。

「你等一下。」

釘仔靜悄悄地佇立，讓人很想嗆他裝什麼乖。

怎麼了嗎？

以大海為背景，宛如站在一大塊暗色布幔前方的釘仔，他的雙手在半空中游動了起來。

像指揮，好像可以聽到音樂。

也像夏夜裡的仙女棒，我的眼睛好像霎時間被煙燻到。

我伸出手，模仿他之前試著引起自己注意時的叫喚動作，往空中動動手腕、擺了擺手掌，用輕柔的手勢喚他一聲：

欸。

釘仔沒有任何猶疑，朝我走近。

我坐回沙灘上，往身邊的空位拍了拍。

「你坐下來一下。」

感覺有小小的蝦蟹或是昆蟲從沙子縫隙間踮著足尖迅速溜走。

「你躺下來一下。」

我說著率先躺下，他隨即跟著躺下。

我們並肩躺在沙灘上，海水在我們腳底的方向洶湧，感受到空氣中的震動，頓時有一種行走在廣袤海面上的錯覺。

我們現在躺在這裡，跟剛剛躺在那裡，有什麼區別嗎？

也難怪釘仔會這麼問。不管是那裡的夜空還是這裡的夜空，都沒有星星和月亮。

我想起那顆地球儀。

和地球上的海水實際上都連在一起一樣，夜空也是連在一起的才對……既然如此，為什麼明明是同一片夜空，有些看得到星星，有些卻看不到。我知道天文學上的為什麼，我不知道的是，直覺上的為什麼。

然後我突然好奇起來，為什麼人類不去劃分天空呢？太平空、大西空、印度空——之類的，雖然聽起來的確很白痴。

因為人類沒辦法抵達天空，沒辦法在天空生活。

所以，我們無須在虛構的國度裡劃出界線。

所以，當我們眺望天空的時候，潛意識裡都是為了享受片刻的虛構。

「怎麼會沒有區別？從那裡到這裡，就是最大的不同——你看，證據，我在沙灘上留下的鞋印。」

我的聲音沉在胸口的最底，連帶著心裡頭覺得有點悶悶的。

話一說出來，我就後悔了。因為沙灘上並沒有釘仔走過的足跡。

你是不是在想，可是沒有我走過的足跡。

他說出我的心思。

嗯。

我點點頭。不再感到訝異。

你自己看看，你剛剛留下的鞋印，現在是不是已經變得比較淺了——而且還會愈來愈淺、愈來愈淺，最終被徹底覆蓋。我們一起在這裡共度了這麼多的時光，所以，就算現在什麼都看不到了，但是我，我們，一定曾經走過那裡。

「你看——」

接續著釘仔未竟的尾音，我打直胳膊，邊說邊往無垠的夜空指去。

你是要我看什麼？

釘仔盯著天空看了老半天，什麼也沒有。他的表情寫滿困惑。

成功引開他的注意力後，我把從另一邊口袋取出的東西高高舉往夜空。

「這個是火星。」

我舉在漆黑天空裡的，是一顆橘紅色的彈珠。

釘仔雙眼頓時發亮。從他的嘴型我彷彿能聽見他由衷地「哇」了一聲。

「這個是金星。」

我換了另一顆，這回的彈珠，是乳白色的。

我把藏在餅乾鐵盒裡的彈珠偷偷帶了過來。

「然後這個是水星。」

捏在指尖的彈珠，參雜淡淡白點的灰色。

我一一展示。釘仔看呆了，看得目不轉睛。

釘仔當然一眼就認出這些是——曾經是他的彈珠。

其中，我和他最珍愛的星球，是這顆——

「最後這個……是我們居住的地球。」

一顆以水藍色為主、部分地方白色，當中點綴了些許褐色還有綠色色彩的彈珠。

如果你手上的這顆是地球，那我們現在在的地方是哪裡？

釘仔在我的手臂周圍比著手語。像鳥兒沿著石柱飛繞。

「在虛構的天空。」

我的視線追著釘仔的指尖說。

31

感受到疼痛，才後知後覺地反應過來……原來，昨晚的摔車並不是夢。

夜空套上了一層淡淡的紫色濾鏡，我騎著腳踏車，載著釘仔穿過馬路下方的涵洞。

涵洞角落有幾隻小貓縮在一塊兒酣眠。

剛出涵洞不久，有雨點打在臉頰上，差點扎到眼睛。我反射性眨了眨。

反正快到家了，再撐一下下就好。

我沒有折返回涵洞躲雨，而是選擇繼續往前。我拉直上半身，膝蓋動起來，加快蹬踩腳踏板的速度。

然而不到兩分鐘我就後悔了。哪裡料想得到，雨勢居然轉瞬間失控，發展成驚人的滂沱大雨——路面很快到處積水，水流蠻橫地肆意奔淌。

頓時陷入兩難的處境。因為，我愈是想趕快到家，車速愈是加快，從前方斜打過來的雨水就變得更加厚重、扎實。加速度之下，漫天雨珠彷彿化做為一顆顆小砲彈，狠狠地往我的身上砸過來。

我可以明確感受到水珠在自己肌膚上爆破開來的細微刺麻。

像小小針刺，像小小電流。

我將後背撐開，雙肩往兩側擴延，扯著嗓子試圖壓過暴雨的音量，對身後的釘仔喊，要他把身子彎低一點，盡可能躲進自己的背裡。我可以想像到他把自己整個身體縮到我脊椎的末梢。我溼透的T恤沿著我背部的肌肉線條服貼住，落在我後頸的雨水過渡到布料順著上頭曲曲折折的路徑一路往下漫流，有些說不定會被釘仔輕扎著我衣服的髮梢所承接過去。

在雨幕中飛馳向前的我，想起了一部跟釘仔一起看過的電影。

那一次真的只有我和他兩個人，沒有學長。

電影裡提到了一個當時從未聽聞的專有名詞，月海。

散場時釘仔興致勃勃google。

他跟我說，「欸，賴健祐，你知道其實月海，並不是真的『海』嗎？」

「這不是廢話嗎？月亮上面又沒有水。」

「那你知道為什麼明明沒有水，卻還是取了這個名字嗎？」

「我最好是會知道。」

我口氣很衝地堵回去。

「我查到的資料是說，因為早期天文學家在觀測月球時，發現到月球表面有某部分的色調較為暗沉，推測該地區可能是海洋。結果後來隨著科學發展，人們才知道原來那些深色的地方並不是水體，而是顏色較深的熔岩。」

「熔岩？月球有火山？」

「有啊，但月海的熔岩不是因為火山爆發，是月亮受到小天體撞擊後，月殼破裂導致裡面的玄武岩跑出來。」不曉得低著頭的釘仔有沒有發現那晚的月亮又大又亮。他邊讀著螢幕邊說，「我還查到一個滿有趣的東西……說是月亮不是有分正面和反面嗎？」

「月亮還有分面？」

「你都沒在上地科喔？」

「你也只有地科最認真好不好，其他課還不是都在混，還敢說我……」

沒有理會我，沉浸在自己宇宙中的釘仔自顧自說，「月海大多數集中在月亮的正面，也就是面對著地球的這一面。因為月亮同步自轉的緣故——你是不是聽不懂什麼是『同步自轉』？我看你的表情就是一臉困惑……反正大概就是指月亮自轉和月亮繞行地球公轉的週期一樣，都是二十七天左右，所以才會永遠以同一個半球面對著地球。」
「所以你的意思是，月亮的這一面，幾乎替月亮的另一面承受了這個宇宙間大部分的撞擊？」
朝天空的月亮抬了抬下巴，我很擅長替釘仔的長篇大論總結。
「對。」
釘仔的那聲對，忽然間離得遙遠，雨水流進我的耳朵。
在溼滑的路面上，我的腳踏車愈騎愈歪，左右橫移的幅度益發誇張，讓人聯想到遊樂園的海盜船。
所以說，我想問釘仔——
如今擋在前面替你承受住所有撞擊的我，是你的月海囉？
我想要成為你的月海。
剛側過臉，還沒聽到釘仔的回應，輪胎打滑，人跟車在我還來不及有任何反應之際，已經脫離開來。
腳踝扭到，膝蓋磨破，手臂擦挫傷——跟一頭撞上電線杆幾近報廢狀態的腳踏車相比，我受到的傷簡直可以說是奇蹟。

要是再給我摔一次，不來個開放性骨折還是腦震盪哪說得過去。呸呸呸。要是被媽聽見肯定會像這樣往旁邊假吐口水。

事實上，我覺得是釘仔在緊要關頭救了自己。

在腳踏車滑開、身體被拋飛出去騰空的剎那，感覺有一雙手從腰背後方支撐住自己，減輕了落地時的衝擊力道。

完全沒有印象自己是怎麼拖著那團變成破銅爛鐵的腳踏車回來，摔得渾身疼痛的我大概是用殘存的本能回家的。我擁有的歸巢本能，是釘仔沒有的吧。釘仔——

一顆心突然被高高懸吊起來。

我掃視房內一圈，還有陽臺，不見釘仔身影。

「他又跑去哪裡……」

我站起身，各種感官活絡起來，身上所有不適感一時間全往大腦集中。

抬手看了看胳膊，瘀青更嚴重了，烏青腫脹一大片，看起來有點噁心。

覆蓋住膝蓋傷口的紗布處理得簡陋，透氣膠帶都快脫落，消毒殺菌用的咖啡色碘酒沾得皮膚到處都是。

我開門來到樓梯口，三樓傳來窸窸窣窣的說話聲。

「我來謝祖先……保庇健祐，好佳哉無摔著頭殼。」

是媽的聲音。她一大清早特地上樓感謝賴家祖先保佑我沒受到大傷。她該謝的人是釘仔。

我想下樓去找釘仔，但意料之外的聲音拉住我的腳步。

「你們兩個誰跟他講一下。晚上不睡覺到處亂跑。腳踏車摔成那樣。然後人也不知道是怎樣……」

是哥。他在跟爸媽打小報告。

媽也太容易被哥唬住，憂心地說，「甘會予別人汰歹？聽人講阿蓮伊親情的後生、朋友抑是誰人有咧食毒……最近拄予警察掠去。」

我最好是會去吸毒，媽每次都想得太誇張。

「妳莫佇遮講遐五四三……」我才剛覺得有聞到燒金紙的氣味，爸加入了對話，他果然也覺得媽的想法很荒謬。「我一透早著已經提伊的衫仔褲去予人收驚。」

「幹！」

一聽到「收驚」，我整個人瞬間傻住、心口緊緊一縮。

罵聲傳上樓，哥從樓梯扶手間的空隙往下看，和我對上視線。

顧不得傷勢，我連滾帶爬下樓，身後是哥倉促的腳步聲。

我衝出家門。

哥追了上來，但沒有真正追上，只是維持一段微妙的距離跟著。

我強忍腳痛一跛一跛半走、半跑、半跳。

終於，我來到爸固定會來的私人神壇。

正在吃稀飯的中年大叔——也就是這間私人神壇的壇主，被私闖民宅的我嚇一大跳。

「啊這馬是按怎？」

我一眼就看到放在神桌上的衣服，那是自己經常穿的球衣T恤。

我衝上前去，一把拽起衣服——

「這甘無過香爐啊？」

「無啊，猶未，一透早拄提來。」壇主邊說邊抓了抓光禿禿的後腦杓。

「還好……」

我對著手上的衣服咕噥。

好險衣服還沒過香爐，釘仔不會有事。

拋下一頭霧水的壇主，我緊緊抱著衣服走出那棟格局窄小的平房。

一踏出屋子，釘仔終於出現在自己面前了。

站在陽光底下的釘仔看起來跟我一樣鬆了好大的一口氣。

哥不知道到底想幹麼，一句話也不說，從家裡一路跟到神壇，又從神壇跟回到家裡。

跟屁蟲是會傳染是不是！

「我是按呢佮你講啦——欲聽毋聽隨在你！」

在換鞋的時候，媽的聲音從後頭廚房傳來。

媽只是講話比較大聲，並不是在生氣。

她說如果我覺得有哪裡不舒服的話，可以請假幾天在家休息。

可是我想去上學。我沒事。

「我可以去啊，又沒怎樣。」我站在玄關朝屋內喊。

「抑是我甲你載？你跤踏車毋是歹去？」爸放下報紙問。

「毋免啦，我會使家己去。」

我走出家門。

腳踏車壞了，我只能徒步，慢慢地往學校的方向走去。

拖著腳步，默默跟著我的釘仔低著頭，看起來很內疚。

他心裡大概是在想，要不是自己提議去海邊看流星，就不會遇到那場暴雨了。

「你那什麼臉，又不是你的錯。」

你不是還救了我嗎？不然我傷得更重。

後半段話，我沒有說出來……總覺得若是說出來，好像會讓場面變得更加沉重。

但是不說這些，我也不曉得該說些別的什麼。於是，陷入了沉默。

身邊忽然颳起一陣輕風，騎著腳踏車的哥超到我前方，劃了個小小的圓弧，在不遠處停下。

「你要坐就上來。」

哥特意裝上了可以讓雙腳踩住的火箭筒，火箭筒上頭的刻痕不甚清晰。

上一次坐哥的車，是我還在念國小的時候。

我看了一下身後的釘仔。腳踏車只能載一個人。我搖頭拒絕哥。

我往前走，從哥面前走過。

我慢慢走著。腳踏車輪胎摩擦柏油路面的聲音時遠，時近。時遠，時近。

可是不知道為什麼，哥一直沒有再超前我。

32

不小心睡著了。

不曉得有多久沒有在課堂以外的時間睡著。

我把自己的臉頰從桌面撕開，感覺像在撕ＯＫ繃一樣。這個譬喻特別適合眼下傷痕累累的我。

釘仔跑到哪裡去了？這是我清醒後第一件確認的事。此刻他的座位空蕩蕩的，只有那堆落葉般的紙鶴依然把那裡當作牠們的歸巢。原本顏色飽和濃豔的繽紛色彩，這段時日被照進窗口的陽光晒得褪色，逐漸趨近於同一種灰階色調。

我搭住椅背往後方望去，心想該不會釘仔已經習慣靠著公布欄睡覺？還好沒有。用那種姿勢睡，很容易睡到腰痠腳麻。裝飾公布欄的任務大功告成，明天會有其他班的老師過來評分，雖然整體風格無趣，但終究是完成了。

我打了個長長的呵欠，視線往曾侑欣移動。趴著的她呼吸均勻，幾縷散開的馬尾髮絲隨著氣息的吸吐節奏在肩膀附近來來回回。

啊——我突然想到一個可能。

釘仔一定是想搶先自己一步跑到儲藏室那邊，如此一來，就有種主客易位，換我跟著他的優越感。

這麼想著，提防著走廊方向巡堂的教官，我從書包摸出菸盒，準備偷偷溜出教室。

屁股剛離開椅子，曾侑欣忽然從雙臂裡抬起頭——是怎樣，怎麼每次都被她逮到？

「你要去哪裡？」曾侑欣用氣音問我。

從前不敢開口的事，現在的她已經可以自然而然對我問出。

「干、妳、屁、事。」

我也用氣音回應她，不過嘴型顯然誇張許多。

「你怎麼了？」

她比了比自己的手臂。她在關心我的傷勢。

「摔車。」

我沒用氣音，聲音意外清楚。

「噓——」曾侑欣緊張，趕緊噓我一聲，「小聲一點。」

我咧嘴笑開，也學著她用食指抵住自己的嘴唇，要她保密。

我壓低重心快速往後門小跑步過去。

我蹲在圍牆的陰影裡抽菸。

空地只有我一個人，和緩緩向四周繞開的裊裊煙霧。

「到底是跑去哪裡……」

我咕噥著，目光落在之前發現的，從牆壁裂縫斜生岔出的那朵淡紫色小花。

和紙鶴一樣，花朵原本的淡紫色變得更為淺淡，幾乎快成了白色，甚至染上一層薄薄的黃褐色，比起「開花」的現在式狀態，更直接給人的感受，是不久後即將到來的「枯萎」。

我匆匆把菸叼住，想起釘仔教自己的延長花朵壽命的訣竅，伸手凹折那朵紫色小花，掏出打火機，擦燃火焰，謹慎地燒灼花朵的莖梗斷面。

該做的都做了。

你還要我怎麼樣？

「欸。」

釘仔沒有出現。於是我用更大的音量。

「欸。」

我頻繁地吸著菸，邊扯開嗓子朝空氣中叫嚷。

「欸。快點出來喔。陳智邦。你煩不煩啊，幹。你躲去哪裡？」

餘光感受到光影閃動。我開心地看過去。

來到走廊盡頭的不是釘仔，是阿皓學長。

這一回他沒有拿著資料夾也沒有配戴糾察隊的臂章。

阿皓學長的臉像一張死白的紙，一點點情緒也沒有。

「找到他了。」

他的聲音跟著我的身體顫抖。

叼在我唇間的菸一逕燒著，輕煙環繞。

我重重垂下頭，把香菸呸吐在泥土地上。

我放鬆指尖緩緩將手掌舒展開來，撈著的那朵花失去支撐的力量纖細飄落在地。

在我逐漸顯露出來的掌心上，有著令人怵目驚心的密密麻麻的菸疤。

那些圓圓小小的菸疤，彼此緊挨著遍布整個掌面，像新生健康檢查時的色盲測驗圖。

只是不管我怎麼努力看，都搞不懂隱藏在裡面的意義。

33

我還沒放學就離開學校。

但不是翹課。我跟小涓老師說我身體不舒服，想回家休息。

但我沒有回家。我從學校一路徒步走到了防波堤。

一跛一跛地，我沿著長長的防波堤一直走一直走，走向矗立於尾端的灰黑色觀測塔。

已經是黃昏了，落日把身側的寬闊海面染成橘色。

很快就要來到釘仔跳海的位置了。

身後傳來鈴聲。

我停下腳步，側過身子。

是哥。他把腳踏車停在距離我幾步路的位置。

哥為什麼會在這裡？

是阿皓學長說的？

還是小涓老師？

事實上，是誰告訴哥的並不重要。重點是他跟著我。是他在這裡。直直看著我的哥，使勁抓著握把，隨著幾次慎重的點頭，他深深地一連按了幾次車鈴鐺，像是在阻止我繼續往前。

我們兩相對望，彷彿一場比賽。最後，帶著不得不輸給對方的複雜情緒——其中感受最鮮明的是那一點點的不甘心，我徹底轉回身，沿著來時的方向折返。

這時，和方才明確俐落的腳踏車鈴聲不同，夾纏在海風中脆薄、清冷的鈴鐺聲從遠方斷斷續續傳遞過來。一小行隊伍迎面而來。

螞蟻般列隊前進的隊伍，是釘仔的家人，在最前方引領著的，是一名身穿腥紅色道袍的師父。

我和他們錯身而過。

招魂儀式開始了。道士唸誦起我聽不懂的經文。

「陳智邦——回來了！陳智邦！」

然後，我聽見他們在嘶吼釘仔的名字。

我很不希望他們用那種方式叫他的名字。

「釘仔回來啊……你回來好不好……釘仔……」

我用我自己的方式低聲呼喚著他。

暗下來的天色，壓住了我的肩膀。

行走速度有愈來愈慢的趨勢，跟在我身後的哥居然還沒有失去耐心。

結果，先感到不耐煩的人是我。

「你這樣我壓力很大。你先回家。」已經離海夠遠了。

一聽我這麼說，哥也不囉嗦，立刻往前騎開。

欸，哥走了，你可以出來了喔。

我垂下雙手，在原地空等了一陣。

試一下也沒有損失。反正，也沒有什麼好損失的了。

我跨出步伐，突然覺得不對。

幹。

輸給哥沒關係。

但是我不想輸給你。

這是我們之間最重要的一次比賽。

街燈亮起的同時，我來到釘仔家。

我像隻在嗅聞味道的小狗，彎著身子俯近地面認真地逡巡——

「找到了！」

我撿起這當中最大的一塊石頭，滑稽地動動肩膀扭扭脖子假裝熱身，而後稍稍助跑，擲鐵餅似的大幅度擰動身體，緊急煞停，用想把自己整條胳膊甩斷的凶猛力道，將石頭遠遠扔往二樓的釘仔房間。

窗玻璃應聲破裂，破了個大洞。

黑著的屋子一點反應也沒有。像死了一樣。

這一扔，我感覺自己全身骨頭都散了，彷彿一幅被推下桌的拼圖。

我仰望著那面破掉的窗子。

以為自己這樣子做，釘仔會從那個破洞裡現出臉，神情哀怨無聲地譴責我的惡作劇。

可是沒有。

已經出現在他們那邊的釘仔，不會出現在自己這邊。

我背過身打算離去，就在這一瞬間……沒有人可以證明，但是，我感覺自己聽見了門鎖打開的聲響。

非常細微。細微到我不禁懷疑起自己的耳朵。

我半信半疑地往大門走去，握住門把試了一下。

門……沒有上鎖——

又或者，是剛剛才打開的。

他們一家人都不在，唯一的可能是：

釘仔回來了。

幾乎是用撞的把門推開，我找了一樓一圈，接著直奔二樓，衝進釘仔的房間。

開燈。天花板的日光燈還是壞的。

我打開手機的手電筒照亮眼前的空間。

書桌，床鋪，窗邊，置物架，釘仔都不在。

衣櫃——

我打開這房間唯一能躲藏的地方。想當然耳，釘仔不在裡面。

又不是在玩遊戲，怎麼可能躲在這裡……我心知肚明，卻又不死心地去嘗試。

我撩動著掛在橫桿上的衣架，把釘仔的衣服一件一件看過去。

我訝異地發現自己全都記得，穿著這些衣服時的釘仔和自己一起做過的事。天氣轉涼之際經常套在最外頭的亞麻質料寬鬆襯衫、去學校後門高舉晒衣竹竿打落土芒果時穿的紅黑條紋背心——露出兩條清涼的臂膀、領口還沾上了一點洗不掉的芒果漬……今年年初慶生被我嘲笑款式老氣的芥末綠POLO衫、還有那件我覺得他穿起來特別好看把他在海邊膚色襯托得更加明亮粉嫩的淺黃色落肩T恤……最後，我的手和我的目光同時間停了下來。

靜止在桿子上的，是一件和自己現在身上穿的一樣，再普通不過的白襯衫。

不一樣的是，胸口處繡著陳智邦他的名字。

釘仔還記得自己欠我一件制服。

我動了動嘴角擠出笑容，從衣架上取下那件制服。

我直接穿上，讓那件白襯衫裹住自己身上這件白襯衫。

我緩緩在衣櫃坐下。我需要一些時間。請再給我一些時間。

我感覺釘仔從身後抱著自己。

那是我一直期待發生的事。

每次看向坐在腳踏車後座的釘仔，我都會想，他什麼時候才要伸手抱住自己。

你要跟我鬧，我才可以搔你癢，然後你會笑，我才會笑，日子就可以回到跟之前一樣。

你憑什麼不跟我說一聲就憑空消失？

你回來啊——

你之前可以回來，那麼，為什麼這一次不可以回來？

儘管能夠看見釘仔的我，理應比任何人都要更加清楚——

釘仔的「可以」回來……還有他的，「不可以」回來。

他的可不可以，乍看是我的選擇、我的決定，但其實只是我任性地希望把他留在自己身邊。

我看著自己手掌上陌生的傷。

忽然間明白了，釘仔之所以為自己做出這個決定，就是不希望日子跟之前一樣。

我終究是幫不了他。

一直不斷往下掉的眼淚，像是被自己難聽的哭聲嚇到，滴落得更快，怎麼也抑止不了。

我舉高雙手把他的所有衣服從衣架上弄掉，紛紛凌亂落下的衣服掩蓋我部分的視線讓我頓時感到更加不知所措，頭頂上彼此碰撞的衣架觸碰到我內心深處始終緊緊綳著的那條絃，徹底鬆開一切的我像隻不停吐出毛球的貓。我好想問一問總是知道些奇怪知識的釘仔，貓會不會哭。

拜託我就告訴你。

如果他在的話。

我拜託你。

34

睜開眼，新的一天就會開始。

幾天過去，受傷的部位好像漸漸沒那麼痛了。

耳邊傳來電風扇喀、喀、喀、喀僵硬的運轉聲，想起阿公過世前幾年始終深受類風溼性關節炎所苦，腫脹疼痛是家常便飯，難以說明的是常常有一種四肢被束縛起來的禁錮感，讓人光是醒著就感到不自在。

運轉聲從漸弱到完全沒有聲響。

一直以來感覺快要故障的電風扇，終於徹底壞了，有種放過彼此的感覺。

我滾向床沿，咚，把自己重重摔在地板上。

我張開雙手雙腳，成大字形躺著，眼珠子往房間四周轉好幾圈，慢慢感受著釘仔不在的事實。

接著我高高抬起腳，用力落下，用後腳跟猛捶地板好幾下。捶到整間屋子好像都在上下震動。捶到後腳跟紅腫、皮都要磨破。

我靜止下來，只剩下格外急促的呼吸。

視野跟著氣息搖盪起來，面前的天花板晃得我頭昏眼花。

為我辦一場西式的喪禮。

我比著那艘小船，向前推動的小船把我的身體也跟著往上帶動起來。

我踩上床墊，跨過窗口，走過陽臺來到最底的牆垣。

想起比著手語歌和釘仔道歉的那個晚上，我又一次爬上去，雙腳掛在外側，仰著臉閉著眼睛並把上半身微微打開，好讓陽光能晒到自己全部的身體。

過了好一段時間，我才慢慢睜開雙眼，我垂眼看了看手掌，傷口已經癒合得差不多，色素沉澱的緣故，像一圈圈深淺不一的小水窪。

說起來也真是奇妙，一直到釘仔從自己的世界完全消失以後，我才能夠看見自己手上的傷勢。

他們說這些是我自己造成的。但老實說，我一點印象也沒有。

可是除了我自己，也沒有其他可以傷害自己的人。

我抽菸，我用香菸燒灼自己的手，戳戳樂一樣戳出好多孔洞——這麼說來……對，那的確是只有我自己才能夠造成的傷。只是，雖然我有這些片段的記憶，卻沒辦法把這些片段的記憶串聯起來。

所以，我的感覺才會被截斷，一點一點被分散、被稀釋……思索著這些，不期然地和站在屋前正往二樓這邊看的哥對上目光。剛結束晨跑的哥用手臂擦著額頭和臉頰的汗水。他看起來就是一臉想和我說些什麼的樣子。我已經很久沒有從哥的身上明確接收到這種感覺，那種真的想和自己說些什麼的真摯。

只是當他開口時——

你坐在那裡幹麼？

是出乎我意料的語言。

干你屁事。

我反射動作比回去。比從喉間發出聲音還快。

35

打掃時間，我抓著竹掃把清掃學校停車場和兩側的庭院。

這是我和釘仔負責的外掃區域。

我想起他還在的時候。

每次我掃完自己負責的這邊，過去查看他的進度，他不是在用揀來的小樹枝排圖案，就是在觀察樹上的蟬到底是怎麼發出聲音的，要不就是用手機拍下蚯蚓的大便。釘仔說過蚯蚓的大便一小粒一小粒的很像魚卵——我記得這種事要幹麼。總而言之，那傢伙從來沒有認真的時候，當我擠出微笑拄著掃把柄「請」問他在搞什麼，他還會抓起扔在一旁地上的竹掃把，邊嚷嚷著怪聲邊耍白痴地賣力揮動手臂刷起空氣吉他。

「你真的很容易分心欸。」

「你真的很喜歡打掃齁。」

酸屁喔酸，「沒有啊，就把該做的事趕快做一做。」

「我想要做我當下想做的事。」

「想做什麼就立刻去做什麼——最好是有這麼好的事啦……你不覺得穿著制服拿著掃把的我們討論這個很諷刺嗎？」

「真的很煩。」釘仔忍不住哀號。

我跟著他仰天哀號。

長長的天空迴盪著我們的合音。然後，我們笑了出來。互罵對方白痴。

「快點掃啦！等一下我還想去福利社買麵包。」

我催促釘仔，他跟我作對，故意把灰塵往我的方向掃。真的很靠北。

我想起釘仔還在的時候。

沒辦法發出聲音的釘仔在我不遠處蹲著，頭壓得低低的——鼓脹臉頰試圖把我剛集中起來的樹葉碎草吹散開來。

「欸，你不要以為你這個樣子就可以偷懶喔！這區是我們一起負責的欸。」

釘仔慢悠悠站起身，兩條眉毛揪起來，還噘嘴，靠過來的他一臉歉疚地朝我伸出手。

「這樣還差不多。」

我準備將竹掃把交出去，沒想到，掃把才剛要碰到釘仔的手，他忽然把手抽開。

竹掃把應聲倒在地上。

「現在是怎樣？」

依然帶著一臉歉意的釘仔，又一次朝我伸出手。

我撿起竹掃把，再度交出去——

「靠！你現在是在耍我喔！」

他居然又收手，竹掃把又倒了。

我蹲下來，握住竹掃把，抬頭瞅著釘仔。

釘仔臉上的歉意消失了，取而代之的，是憋忍著笑意看起來很欠扁的表情。

只見他快速地朝我眨了好幾下眼睛。

明目張膽地挑釁我。

「有膽就不要跑。」

我彈起身，高高舉起掃把朝他衝過去——

釘仔大大地咧開嘴無聲一笑，轉身落荒而逃。

「靠北！」掃把掃到擋風玻璃差點把雨刷刮斷，是數學老師的車。我放聲驚呼，釘仔也愣了住。

短短一秒鐘的暫停以後，我們的視線重新對上，一個默契呼吸，追逐戰再度展開。

我和釘仔在車輛之間你追我跑，像是一場障礙賽，午後陽光照在金屬車身上形成大量的反射、視野近乎曝光，整個停車場亮晃晃的，霎時有種夢幻泡影之感。

釘仔不在以後，衛生股長沒有安排別的同學來幫我。

雖然一直以來釘仔都沒有真正幫上忙，但光是知道有個人待在身邊，就感覺不是只有自己一個人在付出努力。

不像現在，明明面對的是跟過往相同的掃地區域，卻突然覺得變成好大一片，工友用除草機割斷的草葉散得滿地都是，怎麼掃都掃不完。竹掃把變得猶如軍訓課用來打靶的步槍般沉重。

「欸。」

倒是出現了一個隔壁班的。

是之前打算在球場上揍我一頓的趙罐頭。

我們躲在校長的車身側邊抽菸。我蹲著，他靠坐駕駛座車門。

沒有針對，而是因為這輛車碰巧停在樹蔭底下。

「少我一個也沒差，球場根本不用這麼多人掃，就撿撿垃圾而已。」

趙罐頭說。他仰著頭，後腦杓抵住車門。

他的聲音低沉沙啞，聽起來很成熟。儘管一起打過好幾次球，但這是我第一次專心聽他說話。

「你們班很爽，外掃區域被分配到球場。」

「是還滿爽的。」他直率地說。

「你怎麼知道我有抽菸？」

我身上沒帶菸，現在抽的是趙罐頭的。他一來便問我要不要抽一根菸。

「以前跟你打球的時候好像有聞到過……反正問一下也沒差，你又不會跟老師打小報告。」

「你又知道了。」

我斜睨他一眼，歪嘴笑了笑。

他也回望，跟著笑一下，又抽了一口菸。

一吸一吐。

一吸一吐。

因為是第一次有一起抽菸的對象，所以我並不清楚這是不是經常發生的情況——我和趙罐頭吸吐換氣的節奏與頻率起初錯落參差，而後默契地逐漸趨於一致，最終同步。讓人回想起上學期校慶運動會的兩人三腳……那時我和釘仔練習了好久，數不清跌倒幾次。

如果知道他後來腳會受傷，那時候就不該讓他摔這麼多次。

一樣的音高會產生共鳴，那麼，也許相同的動作也會——我悠悠記起釘仔跟自己說過的鏡象，於是，恍惚能接收到即使趙罐頭沒有開口卻依然傳遞出來的訊號……那次在球場起衝突的時候，他還不知道釘仔發生了什麼事。不知道我發生了什麼事。

「打掃時間快結束了，我先回去。雖然你不會打小報告，但是他們可能會。」趙罐頭說著把香菸在地上捻熄，塞進身後的金屬輪胎框，想一下，瞥我一眼，不曉得是不是怕替我惹來麻煩，只見他把菸蒂又摳出來。抓在手上起身，「下次再一起打球。」

「嗯。」

在他跑遠的腳步聲中，我把菸往水泥地戳了戳，放在掌心，丘陵般微微隆起的疤痕緩衝了香菸的餘熱。

36

小涓老師和卸了妝一臉素淨的釘仔姊在走廊上說話。

我試著讀她們的唇語，皺眉皺到頭都痛了，卻仍然什麼都讀不出來。

要是她們是比手語就好了。

我的注意力從她們的嘴巴鬆開。注視著釘仔姊的側臉，一股無比強烈的陌生感油然而生。

我從來沒有透過釘仔而更認識他姊。

我常常在釘仔面前提起哥，也常常在家裡飯桌上提起釘仔，所以當釘仔第一次來我家過夜的時候，他們早就對彼此有著某種程度上的熟悉。

阿皓學長問過我，為什麼自己沒有和哥一起加入手語社，那時我的回答看似敷衍——是真的給不出答案……但此時此刻，我突然想通了。之所以覺得自己不一定非得在場的其中一個原因或許是因為，釘仔在。

有他在的地方，就等於我也曾經在。

釘仔姊沒有透過釘仔認識我，我們之間的陌生感，如今因為釘仔的缺席而放大，成為毫不相干的人。

釘仔永遠的缺席，讓他的座位又重新華麗起來。

隔著一條走道的書桌，堆放了滿滿的花束還有溫馨小卡，就壓在髒髒舊舊的紙鶴上。

小涓老師輕拍了拍釘仔姊的肩膀，對方僵硬地點頭。交談結束了。

釘仔姊往樓梯的方向離開。小涓老師走進教室，聊天喧譁的音量識相地收斂不少。

「各位同學上課囉，請大家安靜一下，這節是國文課，把數學作業收起來……在開始上課前，老師這邊有一件事想跟大家說明……」

除了幾個特別調皮的同學，大多數人配合地安靜下來。

「應該有很多同學都知道了……關於智邦的事……」

這會兒，所有人都閉上了嘴。

「學校這邊想幫智邦他辦一個小規模、稍微溫馨一點的追思會。這邊會由老師帶的手語社負責主要的活動流程。不過呢，在禮堂會場的布置和座位安排方面，老師希望我們班可以幫忙協助……這部分可能要麻煩侑欣——」

被點到名的曾侑欣站起來。

「喔、侑欣妳坐下來就好。這邊可能要請侑欣盡快找幾個同學一起幫忙布置場地……」

下課後，小涓老師叫住我。但這一次不是要指派我幫忙曾侑欣布置禮堂。

老師說，手語社打算在釘仔的追思會上表演那首他最喜歡的歌曲。

「健祐，老師是想問你……要不要跟我們一起上臺表演？」我不知道自己是用什麼樣的表情看著她，我一直很怕老師拍我的肩膀。幸好沒有，小涓老師自顧自往下說，「你不用太擔心，這首歌不會很難，節奏也不算太快，老師可以利用午休或是放學的時候教你。就算是表演一小段副歌也沒關係，老師覺得釘仔他……」

「那首歌我會。」不知怎地，我隱隱有著一股信心，釘仔會為講出這段話的自己感到驕傲，「釘仔有教過我。」

37

「請慢用。」

店員送上我點的冰美式。

皺起臉，「好苦。」我只嚐一口就打算放棄了。

店家在門把上掛上新賣的琉璃風鈴，開關門時會發出清脆的輕音。

推門進店的阿皓學長來到桌邊，「Hi。」輕聲說。

明明店裡只有我一個客人，他卻像是怕打擾到其他人似的。

「學長。」

等待我回應以後，他才傾身滑進我對面的椅子。

「你到很久了？」

「還好，吃完早餐以後，慢慢走過來。」

「早餐？」學長看一眼牆上的時鐘。

「應該說早午餐。」

我們還是坐在上次那個靠窗的座位。在成為我們的老位子以前，是他和釘仔的老位子。

窗外的長椅底下蜷縮著一隻咖啡色的小狗，正在午睡。

據說幼犬一天的睡眠時間需要將近二十個小時，不曉得小狗會不會覺得假日的午睡品質比平常更加深沉——前提是他們需要上課上班的話。邊觀察邊胡思亂想，我稍微被自己逗笑了。

學長點了一杯冰摩卡。

「看你上次喝好像很好喝。」

他這麼說。

「搞不好我很適合當直播主接業配。」我雙手抱胸，對自己點點頭。

「如果真的要做的話，你想當哪一類的直播主？」

「電玩直播主吧？我技術應該還算不錯。」

「但你家電腦不是在你哥房間？」

「對啊，有夠麻煩——那等我上大學再做好了。」

「或者等你哥上大學也可以。」

「對齁。」我突然想到，「那學長如果當直播主，會想直播什麼？」

「嗯……吃播吧？」

「學長食量有很大嗎？」

「我的食量其實還好，但是我還滿喜歡看的，很舒壓，感覺好像很有趣……不過現在認真想一想，我的確是做不來，應該吃沒多少集就停更了，超瞎。」

學長吐槽起自己。

我滑著手機，硬著頭皮再試了一口美式咖啡。

有點奇妙，沒有剛剛討厭了。

「你今天喝冰美式喔？你不是喜歡喝甜一點的嗎？」

「想說嚐嚐看別的。」

「你覺得喝起來怎樣？」

「好苦。我有一度後悔點這個。」

學長伸了伸懶腰，笑了一下，用慵懶的聲音說，「那還是等一下我跟你交換？」

「不用啦，我都喝了——對了，我剛在找，我是想讓學長看一下這個……」學長拉回身子，朝我湊過來。我把手機螢幕轉到側面，讓隔著桌子的我們都能看清楚。「我之前在IG上看到這個……學長有看過嗎？這個影片好像很久了……我有收藏起來，看了超多遍，每次看都覺得好療癒。」

那是一則小狗吃飯的影片。

乍聽之下沒什麼特別，有趣的是，這隻小狗每到用餐時間，都一定要從房間咬來一隻布偶陪自己一起吃飯。看其中一位網友回覆，似乎是因為這隻小狗本來食慾不振，某天飼主突發奇想隨手抓來一隻布偶放在寵物碗旁，沒想到，小狗居然開始吃了起來，還吃得津津有味。

「布偶也可以喔，這隻狗真的很怕寂寞。」

學長說。

我喝了一口水，想沖淡口腔裡的苦酸味。

店員送上學長的冰摩卡。

「我上次不是說……我和釘仔來過這間咖啡店嗎？」學長的嘴角沾著一點巧克力醬。

「嗯。」

「他第一次來的時候，也是點冰美式。」

「真的假的？我記得他比我更怕苦。也怕酸。然後也怕辣。」

「也太好笑。」

「就真的咩，每次吃麻辣鍋都要配合他點最小辣……那釘仔他喜歡美式咖啡嗎？」

「他一開始跟你一樣，也說滿苦的。但是之後幾次來，他總是都點美式咖啡……喝到後來他說愈喝愈回甘，我就跟他說他完蛋了！因為這代表他喜歡上喝咖啡了。一旦開始喜歡了，就沒有回頭路。」

阿皓學長說到後來露齒笑了。好像我們在談論的是一個還活著的人。

我默默地垂下視線，點下重播鍵。

原本充滿療癒感的影片，看著看著突然覺得有點想哭。

我不知道為什麼。

「這間咖啡店也有賣甜點，種類不多就是了……之前不是很流行巴斯克蛋糕嗎？到處都看得到，就是那種上面焦焦的乳酪蛋糕。我還記得有一次來，我跟釘仔提議說點甜點來吃看看，結果他一臉嫌棄說比起巴斯克蛋糕還是鬆餅之類的，他更喜歡的是法式甜點。看起來很精緻，光是擺在自己面前，就有一種被用心對待的感覺。」

我的指尖停了下來。

播放完的影片讓我的腦袋卡住了。

「我想說，你會想知道多一點他的事。」學長用怕打擾到我的音量說。

38

我當然想知道多一點你的事。

去試著知道你的不知道，對吧？

把書包在衣帽架上掛好，學長只淡淡說了句「等我一下」後便匆匆離開房間。我把書包隨手扔在書櫃和牆面夾出的角落。學長的房間整理得一塵不染，從牆壁和天花板的油漆顏色到床鋪甚至櫥櫃等家具配色全都相當協調，以灰紫系列為主的奶油色調，讓人光是靜待著就有一種安心踏實的穩定感。

空間猶有餘裕的房內擺放了兩張桌子，一張是顏色溫潤的原木書桌，另一張充滿設計感洋溢著手工藝風格的橢圓形桌則擺滿高高低低的瓶瓶罐罐，當中有一兩瓶的包裝設計看上去有些眼熟，好像是在媽的梳妝臺看過的牌子。我苦笑一下，不由得在腦海中想像前陣子地震發生頻繁時的慘況。

我走向陳設在那張橢圓形桌旁的立式全身鏡，習慣性抓了抓頭髮，分別左右側身打量一下自己。

忽然有點心動，自己是不是也應該在房間擺一面這樣的鏡子？接著，我的目光落在那些外觀充滿藝術品質感的化妝品和香水上頭，像在玩夾娃娃機一樣，我伸出爪子，從裡面抓了幾瓶上來看了看。瓶身上的說明寫的大多是英文和日文，只有少數幾罐尚未開封的以韓文標示。

「嗯……」

手上這瓶深紫色的香水不只勾起了我的好奇心，還和自己的記憶產生強烈的聯結，我沉吟著的同時湊近聞了聞。

我終於知道一直以來在學長身上聞到的淡淡香味是從哪裡來了。

學長回到房間，手上多了兩罐飲料。

「你想喝哪一個？」

「雪碧好了。」

「釘仔也都選這個。他說每次喝雪碧都會聽到海浪聲，很奇怪齁。」

「是嗎？那我聽聽看。」我從學長手上接過飲料，拉開拉環。喝一口。閉上眼睛豎耳聆聽。

嘩啦——

嘩啦——

「嘩啦嘩啦——」學長憋著笑製造音效。

我動了動眼皮睜開雙眼，定睛看著學長。這好像是學長第一次這麼白目。

大概是覺得害羞，學長撇開臉，輕輕晃了晃手中的可樂。

他壓低後頸把嘴湊上迅速湧出的細緻泡沫。

接著，學長將鋁鐵罐往吸水杯墊一放，來到書櫃前，很有氣勢地拉開對開的玻璃門。

「釘仔他……來過這裡很多次嗎？」

「我沒算過耶……應該有三、四次吧？不是很確定。」

也對……誰沒事會去計算這個。

「學長在找什麼？」

「你聽過『ＣＤ』嗎……或是光碟？」學長亮出手上那本厚厚的冊子。

「有聽過，但好像沒有看過實體。」我走到學長旁邊，「所以這個就是光碟？」

學長捧著冊子，一頁一頁慢慢翻過。

冊子每一頁都有著四格空間，每一格空間的透明薄膜裡，都裝著從外觀上讓人聯想到射箭標靶、材質有點像壓克力的塑膠圓盤。要是整本全部裝滿，少說也有一百多片吧？

「這些──ＣＤ……裡面裝什麼？」

「大部分是美劇……有少數是電影。我自己燒的。」

「燒的？」

「燒就是copy的意思。燒錄。簡稱燒。」

「喔……」但我還是有疑惑，「幹麼燒，網路上沒有？」

「有啊，這些就是從網路上找的。」

「既然網路上有……那幹麼……燒？」我還在習慣這個用詞。

「當然是怕以後會沒有啊……因為版權問題，那些網站隨時都會被關掉。跟你說，有些作品現在還真的找不到片源了。」學長關上書櫃門。他難得用這麼快的語速說話，「之前還沒備份的時候電腦壞過一次，嚇死我了，好險那時候還搜尋得到。我以前是用行動硬碟備份，想一想還是燒一份更保險。」

學長往雙人床規格的寬敞床鋪走去，木質床架讓房間裡的我們有一種恍若置身北歐森林的清冷氛圍。

床鋪正對面的牆上，架設了一臺液晶螢幕，目測尺寸和我們家客廳那臺差不多，不過是高檔的日系品牌。

寬幅的電視螢幕像一面銅鏡般模模糊糊照出我和學長的身影。

「感覺好高級，好像在飯店——這個螢幕應該超貴。」

學長蹲下身，將光碟放進外接到螢幕的一臺扁平機器裡頭。

「真的，超過一定尺寸後價格跳超多……還好我平常有在存錢。」

「學長自己買的喔？你爸媽不幫你出？」

「我存的錢也是他們給的，其實意思一樣。」

「不一樣吧，要是我才不想用自己的錢買。」

「所以你沒有自己的電視。」

「也沒有筆電。」我自言自語，「看來我好像還缺不少東西。」

他按下開關，那臺扁平的機器發出喀啦喀啦快要故障似的運作聲響。

學長繞到床的另一側，拉上兩邊窗簾，厚重的布料把陽光徹底擋在另外一面，倒映在黑色螢幕裡的我們消失了。

學長側坐在床沿，我搬來一張椅子在他旁邊坐下。

曲著腳踩住床墊的學長，他的腳趾尖離我的大腿很近。

他操作著遙控器。

前方螢幕亮起，我們像是從洞窟窺探夜空中的月亮。

「所以，釘仔來的時候，你們都是像這樣，看影片？」

「嗯啊，我現在放給你看的，就是釘仔最喜歡的一部。我原本想借他拿回去看，因為集數太多很難一口氣看完……美劇通常都會有很多季。」

「他家沒有電腦。」

「嗯，我知道……所以有些網路上還找得到的，我就傳連結給他，他可以用手機看。現在剛好是串流盛行的時代，很多片源都比以前好找。說起來很諷刺對吧？正版串流讓盜版網站上架的即時性更高了。」

「我很少看劇。電影也看不多，通常都是釘仔約我去看電影才會去。」

「我知道。」學長笑了笑。釘仔這傢伙到底在學長面前說了我多少壞話。學長喝了一口可樂，用手上的可樂往螢幕方向一比，「美劇裡面有一個分類很特別，叫作『情境喜劇』，像我們現在看的這部就是。」

「情境喜劇……跟一般的喜劇，有不一樣嗎？」

「其實好看就好，分類也不一定那麼重要……不過、硬要說的話，情境喜劇比較小品一點，或者也可以說是『日常』吧……情境喜劇在人物設計和故事情節的安排上，通常會更貼近我們一般人的生活，所以比較容易產生一種代入感。」努力跟上講解內容的我眉毛皺得應該很有喜感，學長繼續滔滔不絕說著，「情境喜劇這種類型曾經一度非常流行，但現在很多人都說情境喜劇的時代已經過了，你看你也幾乎沒聽過這個詞不是嗎？雖然這樣，有些經典你一定多多少少接觸過……例如《六人行》或是《生活大爆炸》——正式翻譯是《宅男行不行》，翻得真的很不行，還有尺度比較偏成人黃色笑話超多的《破產姊妹》……」

「學長剛剛提到的那幾部我好像知道耶……有在ＩＧ還是YouTube滑到過，有被剪成短影音。」

「這些以前都很有名，全世界知名的那種程度。另外還有《老爸老媽的浪漫史》——一樣也是被官方亂翻成什麼很俗的《追愛總動員》……然後也有從電影翻拍成劇集的，像是《單身公寓》，有點英式幽默，《六人行》裡的錢德是雙男主之一。我自己看了好幾遍的《威爾與格蕾絲》，還有從人物配置上致敬《黃金女郎》的《燃情克利夫蘭》。我剛剛提的這些，裡面有幾個可能就比較小眾一點。」

「我知道《黃金女郎》，是不是演員年紀都很大的那部？」

印象中有個個頭特別高的角色說起話來毒舌犀利。

「也是在ＩＧ看到的對吧？我也有滑到過，每次看到都覺得好懷念。社群網站真的幫上很多經典不少忙。」

一說起學長感興趣的，他便打開了話匣子。

我可以想像釘仔和他在這個房間裡吱吱喳喳說個不停的畫面。

我試著把自己放進去，可是無論怎麼擺好像都有點彆扭。

我喝了一口雪碧。聽聽海水漲退的聲音。

「釘仔他真的很喜歡情境喜劇齁？我都不知道他這麼喜歡這個。」

「嗯啊，我們都很喜歡。」

「他英文明明就超爛。」

「這跟英文沒關係。」學長把臉別過來，意味深長地凝視著我，搖搖頭。而後把目光重新移回到戲劇之中，「我覺得我們之所以會喜歡……是因為在那個世界裡，好像人生遭遇到的所有問題，不管再尷尬再艱難或者再殘酷，都可以得到一份溫柔的回應。」

影片裡，正在舉辦一場告別式。

陰錯陽差之下，主角們必須為他們的朋友舉辦一場假的喪禮。

可是，好奇妙，雖然主題是嚴肅傷感的生死兩隔，那些來自畫面外的笑聲、那些荒誕的情節與對白、那些演員充滿張力的詮釋方式……在在都讓人打從心底大笑出來在心裡罵他們白痴、甚至笑到流淚——到最後，情緒卻又轉折，收束在一個莫名感到溫暖的結局。

「我每次看到這種安排的時候都覺得很神奇……事實上不只是這一部，其他部很多也是這樣，每次只要是有人死，出現喪禮還是告別式的那幾集都特別好笑。當然也是會覺得感動啦，但就是很好笑。我跟釘仔討論過，跟臺灣這邊真的很不一樣，無論是戲劇還是實際經驗……像在那種場合裡，他們會說一說自己曾經和那些不在的人一起有過什麼樣難忘的瘋狂經驗，或者是曾經發生過什麼刺激有趣的事，當然大部分都是糗事就對了畢竟是在搞笑……所以我就會想，不在的那些人，其實應該都會希望我們不要太沉重才對——畢竟他們又不是為了讓留下來的人難過才離開的。」

「但是我們好像連笑一下都不可以。」

在我的結論之後，學長霎時沉默下來。

他按下暫停鍵。

現在，整個空間都不說話了。

欸——

學長用釘仔叫喚過我的方式，喊我。他朝我揮了揮手掌。

只是一秒鐘的恍神，我忽然跟不上學長接下來比的手語。

察覺到我的遲疑，學長放低肩膀，將整個身子轉向我。

「我剛剛比的那句話的意思，是釘仔說過的話……我再比一次，釘仔他說……」

學長邊比，我的心中同時傳來低語——

只能用悲傷去表達一個人對自己的重要性，我覺得是一件很悲哀的事。

我可以從學長的表情判斷出來，他明白我讀懂了他的意思。

欸——

他又溫柔喊了我一次。

你之前不是問我，為什麼會跟釘仔這麼熟？

學長想告訴我之前自己曾經詢問，然而他卻沒有回答的問題。

由於我們之間的距離坐得很近，比起手語的時候，有好幾次我都差點以為學長要碰到自己。

這樣的想像，讓我的身體跟著一晃一晃，好像跟他的言語有了共鳴。

之前，釘仔不是摔傷過嗎？你們本來要去看電影的那一天。

我記得那天。我模仿他腳痛，走得一跛一跛。

我攙扶著他，他靠住我的身體哼唱著歌，然後我也跟著他唱起來。

他在醫院的時候，碰到我。

他在醫院碰到學長？釘仔那時候為什麼沒有跟我說——我很快就知道為什麼了。

我去洗胃。我吃了太多安眠藥。我媽的。

所以，釘仔之所以情緒低落，不完全是因為無妄受傷或是錯過了電影……更多是為了學長。

比完這段話以後，學長咬著下嘴唇，眼神垂落，慢慢地放下雙手。

手掌貼住大腿的他，指尖細細顫抖，我知道他在壓抑著激動的情緒。

原來，學長和釘仔一樣有過相同的念頭，嘗試過自殺……只是，不一樣的是，釘仔他成功了。

整理好心情，學長再一次舉起手，空氣中的波紋朝我湧動。

開始說話前，他先往螢幕的方向比了一下。

我順著學長的視線瞥電視一眼，又悄悄地看回到學長身上。

釘仔那個時候說過，以後死的話，想辦一場像那樣的喪禮。

我不假思索地追著說——

西式的喪禮。

學長靜靜看著我。

我靜靜看著電視。

想著釘仔喜歡的美劇，想著他說過的話：

只能用悲傷去表達一個人對自己的重要性，我覺得是一件很悲哀的事。

我想著要是自己也在那部情境喜劇當中，身處在那樣的場合，會選擇用什麼樣的方式去回憶釘仔？

在座位上轉過身朝著我吐出長長的舌頭拉扯五官做出醜到不行的鬼臉、白痴地刷著空氣吉他刷到失去重心整個人摔進灌木叢、看鬼片看到哭得稀里嘩啦還堅持說是對空調過敏、慶生吃麻辣鍋吃到狂跑廁所褲管沾到大便、睡覺胡言亂語夢話大聲到哥以為我們兩個在搞什麼東西、午休時明明是自己褲襠腫一大包還反嗆我是變態……

還有還有……國中畢業旅行回到飯店才發現背包拉鍊沒拉，東西全掉在外頭，在大街上沿路陪著他撿，一邊吐槽他說以為是在演糖果屋喔。學期末班上分組煮火鍋，交代他買金針結果居然真的給我買來一大包乾燥金針花——我指的是金針菇好不好！有聽過誰家吃火鍋會放金針花啊。他辯稱他們家會。校慶園遊會去玩學弟班上的鬼屋嚇到尿褲子要我發誓一輩子都不可以說出去。

學長為什麼想學手語？

學長閃避我的注視。

但我可以感覺得到，那並不是真的在閃躲，反而是在試著提起勇氣。

如果學長不是因為想把心底所有的話都說出來，就不會開啟這段對話。也不會帶我來到他的房間。

一開始，是因為你哥。

學長說出了答案。

一個我覺得自己好像早就知道的答案。

但後來……我覺得幸好自己當初學了手語——

接下來的話，學長是用說的——

「因為有些話用我們原本習慣的語言很難說出來。」可能是太久沒出聲，學長的嗓音有些乾啞。突然發出的聲音讓沉寂已久的房間感覺格外空曠，一時間茫然，肌膚浮上一層薄薄的細沙，有種身在祕密基地、被整個世界所遺忘也無所謂的安然。

如果是之前，我一定在心裡翻白眼心想學長在說什麼鬼話。

但經歷這一切的我，完全明白為什麼在某個時間點，我們必須學會新的事物。

我抓起遙控器，按下播放。

那天，我和學長看了好多部不同的情境喜劇。

釘仔特別喜歡的那幾集，我不會放過。

然後我終於知道釘仔那些奇怪的知識是從哪裡來的了。

用火炙燒花莖能夠延長花朵的生命、感官之間彼此錯綜產生微妙聯繫的聯覺、模仿另一個人的動作便得以化身成對方的鏡象技術、訓練小狗的鼓勵式強化手段、站在博物館的某個地方可以清楚接收到遙遠彼端發出的所有聲音……這些，全在他看過的情境喜劇裡面。

拜託我就告訴你。

「靠北，誰要拜託你。明明都在這裡……」我小小聲對著自己的胸口說。

結束後，學長送我到他家門口。大門推開的同時，屋簷下的自動感應燈亮起，打亮我們的臉龐。

「學長的爸媽都這麼晚回來？」

時間已經來到晚上九點。

「不一定，可能今天剛好有應酬，然後我媽應該是去打牌……好險我有跟你哥說你在我家，不然你回去又要被他唸。」

「他真的很煩。」我撇嘴笑笑，「那個……學長，你手伸出來一下。」

「嗯？」

「這個給你。」

說著，我把從口袋掏出的那樣東西，輕巧地放在學長老實攤平的手掌上。

「這個是……彈珠。」學長舉起小小的奶油藍色玻璃球對著燈光看。「好漂亮。」

第一次進到釘仔房間的時候，趁他不注意，我偷走了那兩顆還來不及贏過來的彈珠。

他和我的守護星。

「是海王星。」

我說，接著，手裡握著冥王星的我，突然將上半身前傾，往學長抬高了臉的嘴唇迅速親一下。唇角乾掉的巧克力醬甜甜的。

然後轉身直直走開。

雖然我親的是學長，但那一瞬間，我覺得自己親的不僅僅是學長。

也親釘仔，甚至親哥。

親我自己。

39

非常遙遠的海面渲染微光。天就快亮了。

我來到海風不斷吹送的防波堤，往矗立於末端的觀測塔走去。

這一次，沒有哥攔著自己。

我成功來到釘仔跳海的位置，眺望著藍黑色的大海。

看了好一陣，我彎身脫下球鞋——還有襪子，整整齊齊擺在消波塊上。

綁得鬆垮垮的鞋帶被風隱隱約約帶動，宛如即將振翅飛起的蝴蝶。

佇立在漲落起伏的寬闊海面前，我想起釘仔告訴自己的那則關於博物館的趣事。

只不過，這世界這麼大，眼前的路還這麼長，我要走到人生的哪裡，才可以再聽見你的聲音。

空氣裡傳來手機的震動聲。

奇怪了——我摸遍身體找不到手機。

總有別的聯結把自己拉回來。

海風遠去，我在書桌前醒來，嘴角全是口水，英文課本溼透，黏糊糊的。

用手臂擦擦紙頁，我撈來手機。

是曾侑欣，她傳來兩則訊息，點開聊天室，第一則寫著：阿媽走了。

第二則則是：我在等她回來。

我想像著她此時此刻的心情，手指下意識地動了起來。

我相信她會回來。

我低聲讀了一遍自己剛剛輸入的這句話，準備送出，指尖卻忽然猶豫。

思索片刻，我把這句話一字字倒退刪除，最後傳了一張晚安的貼圖給她。

咚咚。

跟平常的敲門聲不大一樣。

除了聽起來較為厚實，響起的位置好像也低了一些。

「喔。」

我「喔」了一聲，半晌沒人回應。

「是怎樣……」我嘟囔著起身開門。

總不可能是哥惡作劇吧——隨手敲門後落跑，這不像是他的作風。

門一打開，哥站在門外，正對著我，手上端著兩個小碗。原來，他剛剛是用手肘敲門。

「幹麼？」我問。

「媽有煮綠豆湯。」

我們對坐在地板上，用湯匙小口小口吃著綠豆湯。白瓷湯匙和湯碗不時碰敲出清脆的輕音。

「媽是在哪裡買到這麼小支的湯匙。」

「真的很小支。」哥附和著說，好像在偷笑。「你追思會要表演的手語歌練好了嗎？我記得你有去找阿皓學過？」

哥明知故問。

「嗯……有學過副歌。」

「所以你其他段落都還不會？」

「不大會。」

其實我會。

我以為哥會叫我去問學長。或者他的女朋友。

「那我教你。」

他說。把碗往床頭櫃一放。

坐在門邊的我把房門推上。

哥從第一句歌詞開始教起，我維持著微妙的進度慢慢跟上。

於是，在一次又一次反覆的練習中，面對面的我們，節奏逐漸趨於一致，同步比著動作。

我們一邊傳遞著歌詞的意義，一邊不自覺地細聲吟唱起來。

「你真的沒學過？」哥瞇起眼半信半疑，開玩笑地說，「學很快。」

「我就悟性高咩。」

「是誰以前數學一直問同樣的東西？」

「數學不會就是不會齁。」

哥撟了一下嘴角，淡淡一笑，他把兩個空碗疊在一塊兒。沉默一陣。

他的手指好像被湯匙黏住了，忽然間動也不動。良久，從湯匙上輕輕鬆開指尖——

你為什麼要傷害自己？

哥問。我好像可以透過他指尖的細顫感受到他喉嚨的震動。好像直到這時候才第一次從癒合的掌心感受到最直接的痛。

因為我很難過。

我說。

那我還可以為你做些什麼？

哥接著又問。他很認真地看著我。

你為什麼要這麼問？

我思考了一陣才反問他。我不懂哥為什麼要問這個問題，因為——

什麼意思？

不等我說完，哥追問著我，身體擺動的幅度受到情緒影響跟著變得張揚。

因為你現在已經在做了。

聽到我這麼說，哥的眉尾往下壓，好像吃到什麼味道奇怪的東西。

但我就是覺得不夠，所以才會這樣問你。

哥說。

其中有一個手語動作，他的左手比出大拇指，用張開右手的五根指頭對著那隻大拇指往前劃動。

那是「問」的意思。

我有一個問題想問。

我延續著他的動作往下說。明明不用真的開口，卻覺得胸口要出很大的力氣才能夠把這句話表達出來。

你問。

哥點了點頭。

我摔車那個晚上，我一直覺得是釘仔救了我。所以我總是忍不住去想，釘仔他是為了救我、因為碰到我所以才會消失。你覺得是這樣嗎？我知道不是這樣，但就是無法克制地這麼想著。然後我會想，誰要你救啊……你也太自以為是了吧。

說完話的我，把手垂到了地板上。

他不會希望你這麼想。

哥說著，用食指往自己的太陽穴戳了戳，那是「想」。

你很有自信，知道釘仔他會怎麼想。

我抿出寂寥的苦笑。我們的指尖同時從太陽穴鬆開。

釘仔他現在，不在了嗎？

哥問了一個我很希望別人問自己的問題。

他現在不在。

我是在等釘仔回來嗎？他還會回來嗎？

還是說，你們其他人會跟我說，他從來不曾存在。

「如果你哪天再見到他，幫我跟他說，我也想再見他一面。」

哥微笑著這麼對我說。

我一直以為身為釘仔最要好的朋友，關於他為什麼想不開的原因，我不能夠回答：我不知道。

但其實我可以。

因為……如果能成為某個人生命中重要的存在，就代表我真的已經很努力了。

哥為什麼會想學手語？

我問哥。但是和學長不同，我對哥的回應不抱期待。

又或者，是因為太害怕期望落空，才先一步認定哥不會理會自己。

我以為每次無論給哥多少時間，哥都不可能和自己多敞開些什麼。

原來，並不是哥不願意說，而是我不夠有耐心——只要我願意再等一下下，他就會開口的。

我覺得，就是為了現在這個時刻。

哥語氣堅定地說。

只是比個手語，連手臂肌肉都要發力。

是怎樣，連這個時候都不忘耍帥就是了。

學手語根本是因為小涓老師吧。

我暗自吐槽他。

我喜歡自己對於哥有一部分的不了解。

「我下去洗一下。」哥捧著碗起身。

離開房間前，哥抬起腳，用腳掌輕輕推了推盤坐著的我的背。

「靠夭。」上半身往前傾的我悶著聲音說。

40

躺在床上的我，在若有似無的輕微搖盪中，驀然想起仰式漂浮的訣竅。我深呼吸，把氣吸飽撐在胸腔。

撐到極限後，一鼓作氣放掉。我和我的身體往床底沉去。

「都是你害的……」我對著空氣說，「也謝謝你。」

我坐起身，在光線昏暗的房間裡坐了好一段時間。

所以……當連手語也不夠用的時候，你也會想辦一場西式的喪禮嗎？

我把錄下這段手語的影片傳給學長。不再猶疑。

只開了一盞小夜燈的房間，不曉得學長是不是能看清楚我的動作和表情。

等了一下子，沒有回應。

現在這個時間點，應該是睡了。

才剛這麼想，手機傳來震動。

我點開訊息。

現在不會。

阿皓學長先是傳了這則訊息回來。接著還有一段影片。

我點開。影片裡的學長端坐在書桌前，用手語對我說：

所以你也不要。

我往枕頭一躺。把手機往旁邊一放。用手臂緊緊壓住自己的眼窩。

紅色的A。雪碧口味的海浪。大提琴聲的黑。

不知不覺間，我陷入了睡眠。

深沉的睡眠讓自己彷若躺在一艘被推遠的小船，我以為只有自己一個人在上面，朦朧之間，有人溫柔地按住我橫擋在雙眼上的手臂，將之緩緩挪動開來——現在、我是睜著眼睛在做夢嗎？眼前，俯視著自己的人，是釘仔。

我不在那艘小船，我還是躺在自己這張床上。和我對視的釘仔，身上穿著那件他說過要補償給我的白色制服。說話啊，都回來了幹麼不說話。沒有回應我，釘仔宛如一隻往粼粼湖面汲水的天鵝，俯低後背朝我傾身而來的同時，用優雅的姿態把上半身延展開來，我的後頸還有我的腰際傳來一股暖流，他專注而徐緩地引領著我……或者也可以說，是釘仔又一次從後方把我支撐起來。

交換了彼此的眼神以後，他給了我一個萬分確實的擁抱。

我們擁抱了很久很久，很久很久，我望著他背後無盡的虛空。

再接下來，他逐一將我鬆開，讓我緩緩躺回到彈簧有些疲乏的床墊。

他的動作輕柔，最後的手勢像是小心翼翼把一個嬰兒放回搖籃裡頭。

最後，釘仔挺直身軀，宛如化身為一位芭蕾舞者，跨出窗口往陽臺昂揚走去。

被關上的窗子，一點聲響都沒有發出。

我在幹麼？他就要走了，他就要走了——等我意識到自己應該追上去時，我匆匆爬起身，倉促地拉開窗戶，窗戶打開的那一瞬間，強烈的光芒如潰堤般往房內灌注進來，一時間感覺像是在直視太陽，我感覺自己像是被燒灼的花莖。緊隨而來的，我聽見燦爛光亮裡傳來海浪聲。一層連接一層。漸強。我不得不被逼得閉上眼睛。

再睜眼時，已不是萬丈光芒，夕陽從頭頂暈染過來。

現在是怎樣？為什麼我不能動——

上下左右骨碌碌轉動眼珠子，靠夭！我居然整個人被埋在沙子裡，只剩下一顆頭露在外面……活像個滑稽的卡通人物。

我想起《六人行》當中有一集，喬伊就像這樣被埋了起來。

把我惡作劇埋起來的沒有別人，肯定是他。

才這麼想著，耳邊彷彿傳來逗趣的綜藝罐頭音效，釘仔配合時機蹬跳進我的視界，立刻和我對上目光。

肩膀上扛著那根漂流木的他，嘻皮笑臉地俯瞰著身陷沙堆動彈不得的我。

「白痴喔，笑屁喔笑，趕快放我出來喔！聽到沒有。」

「%@＊&#＊%&%＊@……」

釘仔從我的視線閃開。他邊胡言亂語著我聽不懂的語言，邊在我四周繞著圈子奔跑，用手裡那根漂流木不曉得在沙灘上鬼畫符些什麼。

原來，釘仔想做的，不只是把我埋起來。

雖然看不見全部的釘仔，但是帶我來到這裡的他，讓我相信這一秒鐘的自己仍然和他存在著某種幽微的聯結。

這麼一相信，我好像可以或漂浮或飄浮從更高的水面更遠的天空如此這般安靜的所在俯瞰著我們兩人，從前在祕密基地用盡全力放肆玩耍揮霍時光的我們——我看見以自己被埋住的地方為中心，釘仔畫出了一幅巨大無比的魔法陣把我框在五芒星的正中央……接著他在五芒星各個尖角之間的空隙畫上笑臉、魚群、花朵還有火箭彼此沒什麼邏輯的圖案。

他像是要對我施展什麼魔法。

「幹！死釘仔，不要鬧喔，趕快把我放出來——要不然等一下幹爆你！」

我試著靠自己的力量掙脫。但徒勞。

釘仔無視我的威脅，率性地拋開漂流木，回到我的目光之中，像小狗那樣微微露出舌尖哈著氣蹲下來。用更近的距離和我對視。

「&%*@#*%&……」

釘仔像是著猴，彎著眼咧著嘴，晃頭繼續對我嘰哩咕嚕我聽不懂的語言。

「幹，陳智邦，你到底在搞什麼東西……快點讓我出去，很無聊欸你，靠！我就聽不懂齁。」

釘仔的眼神突然變得哀傷。然而這一次，他很快重振精神。

視線裡的他將身子前傾，一開始是胸口壓了上來，最後是整個人。

他疊在被沙子包覆住的我的身體上。

我一點都感覺不到他身體的重量。一定是被沙子抵消掉了。

他的臉就近在眼前。很靠近我的臉。

這會兒，他不再哀愁，卻也不再笑了。而是靜靜凝視著我。

然後，他的臉從我面前消失。

我猜想此時此刻視線以外的他，耳朵貼住了我胸口的位置。

認真地、一再地確認自己是不是還有心跳。

我們兩人身處在彷彿能夠將我們帶到另一個國度的魔法陣中。

海浪聲。依然一層連接一層。漸弱淡遠。

欸，釘仔，我保證接下來的人生，會盡量不打擾你……只是，我可不可以偶爾跟你說說話，當我突然無法找到合適的方式和別人相處或自處的時刻，當我也想為自己辦一場西式的喪禮的時刻。

可以。

我把聲音從內心往胸口推出去。

順著回流的血液，有聲音直直打進心裡。

新人間 425

為我辦一場西式的喪禮

作　者—游善鈞
副總編輯—羅珊珊
責任編輯—蔡佩錦
校　對—蔡佩錦　蔡榮吉　游善鈞
封面繪圖—Nuomi 諾米
美術設計—SHRTING WU
行銷企劃—林昱豪

總 編 輯—胡金倫
董 事 長—趙政岷
出 版 者—時報文化出版企業股份有限公司
一〇八〇一九臺北市萬華區和平西路三段二四〇號
發行專線—（〇二）二三〇六—六八四二
讀者服務專線—〇八〇〇—二三一—七〇五・（〇二）二三〇四—七一〇三
讀者服務傳真—（〇二）二三〇四—六八五八
郵撥—一九三四四七二四時報文化出版公司
信箱—10899臺北華江橋郵局第九九信箱

時報悅讀網—http://www.readingtimes.com.tw
思潮線臉書—https://www.facebook.com/trendage/
法律顧問—理律法律事務所　陳長文律師、李念祖律師
印　刷—家佑印刷有限公司
初版一刷—二〇二四年十月十八日
定　價—新臺幣三八〇元
（缺頁或破損的書，請寄回更換）

時報文化出版公司成立於一九七五年，
一九九九年股票上櫃公開發行，二〇〇八年脫離中時集團非屬旺中，
以「尊重智慧與創意的文化事業」為信念。

為我辦一場西式的喪禮／游善鈞 著-- 初版. --
臺北市：時報文化出版企業股份有限公司, 2024.9
264面；12.8 x18.8 公分. --（新人間；425）

ISBN 978-626-396-665-9　（平裝）

863.57　　113011865

ISBN 978-626-396-665-9
Printed in Taiwan